心舞流年

江良大腕

◎李 月 著

团结出版社

图书在版编目（ＣＩＰ）数据

心舞流年 / 李月著. -- 北京 ：团结出版社,2012.9
ISBN 978-7-5126-1243-3

Ⅰ．①心… Ⅱ．①李… Ⅲ．①散文集－中国－当代 Ⅳ．①I267

中国版本图书馆 CIP 数据核字 (2012) 第 202635 号

出　　版：团结出版社
　　　　　（北京市东城区东皇城根南街 84 号　　邮编：100006）
电　　话：（010）65228880　 65244790
网　　址：http://www.tjpress.com
E-mail：65244790@163.com
经　　销：全国新华书店
印　　装：三河市东方印刷有限公司

开　　本：170X230 毫米　　　1/16
印　　张：11.75
字　　数：157 千字
版　　次：2012 年 8 月　 第 1 版
印　　次：2012 年 8 月　 第 1 次印刷

书　　号：978-7-5126-1243-3/I·719
定　　价：25.00 元

目 录

序一　重生而舞的精灵

四川绵阳市科学城一中校长　邓才明

　　2008 年的大灾难已经过去，转眼即是四年。2012 年，科学城一中的地震板房已经拆除，修了新的宿舍，新的教学楼，曾经给孩子们避难用的运动场也由长满杂草的空地变成了铺设塑胶跑道的现代化运动场。2012 年，一切都是如此美好，看不出伤痕的样子，似乎当年的灾难并不存在。

　　这一年，一个孩子转学来到我们的学校，将避无可避的伤痕再度呈现，她是李月。也是这一年，我读到了李月的第三本书——《心舞流年》。

　　《心舞流年》，用一篇一篇日记，生动地诠释了一个词——成长。四年的经历，已让一个孩子渐渐地学会了生活，学会了思考，学会了爱，已让一个孩子经受了不安、痛苦，随后是沉静，笑对，最终破茧成蝶。

　　翻阅一篇一篇日记，总有那么一些细节，让我难以平静。

　　7 月 2 日　腿腿，怕

　　"月儿，腿腿，月儿，腿腿，怕……"

　　小表弟 2 岁了，每次来到我家，都会跑到堆杂货的房间去，因为里面有很多我的玩具，他，一个小家伙在里面翻箱倒柜。一次，突然跑了出来，奔到她妈妈怀里。舅妈觉得奇怪，问他怎么了，他指着房间说："腿腿，怕，腿腿，怕……"

　　9 月 29 号　一号店

　　"啊……妈妈呀，好吓人啊！你们别进去啦！"一个女生尖叫吓跑了，另外几个还没来得及进呢！

鱼儿一下子不玩了，到处张望，以为怎么了，一下子看到自己了，怎么少了一只脚呢，鱼儿也跟着尖叫起来啦！

叫着叫着鱼儿就醒了，吵醒了同住的宿管老师，老师说你没事儿吧，鱼儿直摇头，说：一号店我真的不能去呀！

12 月 3 日　食堂"领地"

食堂里的每张餐桌上都有人，好不容易看到一对同学离开了，我夹着拐快速冲了过去。可是不太妙。我闯入了一片"领地"。

"嘿，瘸子，走开走开，快……""领地"里一个男生发出了这样的愤慨。不知道为什么，我顿时愣住了，站在原地不能动了，直到一个人突然从后面将我一把拉开。

人本是很健忘的，当灾难过去了，伤口长合了，如果我们闭上眼，就可以认为它不存在了。可是当我一字一字挑出这些日记的时候，心里挥之不去的是一种难以言清的情绪。虽然已过四年，但李月还是不得不一次一次面对着这样的眼光，这些人用各种各样的方式向她强调着创伤的存在。我想，这样的强调，才是最让人受伤的，可是这样的强调，注定会陪她很长很长的时间，她避不开，只能去适应。

所幸的是我看到的文字并不是忧伤、抱怨，而是一种难得的豁达。

李月说："其实，我应该知足了，因为我听到的这样的话其实也不多啦，亲人们都没小表弟那样诚实啦，不管穿得再难看，他们也说：美啦、美啦！"她甚至还开玩笑说，这样也不好呀，亲人们这样的夸赞，让她有些过于自信了。这样挺好，因为自信的女孩，是最美的。

李月说："鱼儿满心欢喜地冲进去了呀，一头扎进水里什么都不在乎了，什么单间还是公共间，一号店老板说能让你进就不错了。鱼儿便在水下哗哗哗地开'游'了。"对水的喜爱，让她忽略了那些不利因素，把自己说成是"如鱼得水"，字里行间，还真让人看到一条乐呵呵的美人鱼，正在水里欢快的游弋呢！

李月说："我不知道自己哪来的豁达，尽然这样脱口而出了。"面对那群球迷男生的凶狠，她反而好言安慰着自己的同学，并为同学的"打抱不平"深深感动着。

我相信这些日记所记载的事情，日记里表现出来的欢乐也是真实的，它是最能抚平伤痕的良药，给她以平静，给她以坦然。

翻阅一篇一篇日记，就像在读着李月真情捧出来的一片心。而在她的生活里面，充满了让人打心底里感到温暖的东西。

她让妈妈寻找到一个与她同龄的失去右腿的女孩儿，将自己多余的一只鞋子寄给她，这样，两个爱美的女孩子，就能同穿一双漂亮的鞋子了。李月说：在命运提起诉讼的这场官司里，法官并没有附加剥夺我帮助别人的权利。

她将自己珍藏的国家大剧院发行的纪念邮票全部送给了姐姐，只因为地震"偷"走了姐姐许多年的成果，她却想要帮助姐姐重新拾回那些爱好，她要与姐姐一起重新集邮。李月说：废墟就像是小偷，偷走了我的梦想，偷走了姐姐的爱好。爱好不仅可以拾回，爱好还可以传染，只要你愿意。

她将零用钱借给一个常常"借钱不还"的同学，虽然身边的同学都笑话她，她却从来不催不问，一如平常地与他友好交往，最终那位同学脸红红地主动归还了"债务"。李月说，人真的很奇妙，没有任何规律可言，尤其是在帮助者与被帮助者之间。

文字如水，在心尖上流淌，我是带着无法言说的欣喜翻阅完她的这些日记的。在她的笔下，所记载的事情虽然很琐碎，所描绘的人也很普通，就像一个平凡的孩子，絮絮叨叨地跟我们讲述着她的生活：那一架眼镜，那一帘齐刘海，那一次烈日下的跑操，那一个爱捣乱的学生……，在这些平凡的小事件里，我读到的是她如鱼得水般乐在其中的怡然，她发自内心地爱着生活，并爱着身边每一个人。

2008 年的灾难、苦痛，随着时间的流逝，更多的人会渐渐淡忘，李月的生活也渐渐走向平凡，她会成为千千万万个普通人中的一员。所幸的是，浮华过后，她有了更华美的羽，更博爱的心。

李月写过这样一首小诗："昨夜梦里/我用枪结束了自己的生命/枪响的时候/我没有醒来/而是对自己躺着的尸体/看了一眼/看完了之后/我才从梦中醒来 梦说/孩子/想要改变自己/必须终止现有的自己"

如诗所写，她果断地向自己开了枪，告别了昨天。迎来的，是一个新的精灵，涅槃重生，绚丽而舞。

2012 年 6 月

序二　命运的舞者

万科集团执行副总裁　毛大庆

今年 5 月 12 日，北京一个暖融融的下午，我和刚从北川祭扫回来的月月通电话，问她想说些什么，她说，这是震后第六次回去了，感觉淡定了很多，但站在学校的废墟前仍然很揪心。听到这些话，我既欣慰又心酸，我没法想象一个只有十四岁的小女孩，在面对如此厚重的生命时，这种"淡定"和"揪心"意味着什么，也许在大人眼里，这样幼小的心灵原本会不堪一击。可她，在我眼前坚定地走过了整整四年！

去年，月月回到了自己阔别已久的家乡，在绵阳开始了她新的生活，既熟悉又陌生的生活，我特别担心回到四川，这样"揪心"的感觉会一直围绕着她，直到收到月月寄来的第三份书稿，我才有些许释怀。这本不算厚的书稿记载了月月回到家乡后一年生活的点滴和心情，字里行间多了许多思考，已经看不到前两本书稿中咀嚼痛苦的悲情。可以说月月不仅坚强地站了起来，更在自己命运的舞台跳起了轻盈的舞步，在这个没有华丽的幕布和耀眼的灯光的舞台，用心划动的轨迹更加显得美丽。

《心舞流年》，这是月月的第三本书了，而这样日记的形式，我想对于她也是再合适不过的舞鞋了。虽然形式上有些像是年终总结，都是对自己过往一些时间的如数家珍，但不同的是，这里从来没有炫耀自己得到了什么，而是记录着走过了哪些路，看到了哪些风景，想到了哪些和别人走路、看风景不太一样的点子……对于自己的过去，月月已经可以非常坦然地写出"为何完美一定为天生，残缺才是完美最滋养的土壤"，而再普通不过的校园、同学、亲人、擦肩而过的陌生人，甚至是角落里的一草一木也都成为了月月诠释时间、信念、感情、人生等等一系列重大主题的演员。

从第一本《我心永舞》开始，我就一直放在书桌上，时不时拿出来翻一翻，随便翻开一页，都能让我接着读上一会儿。合上书后，也能时不时想起一些挺有味道的片段，但这时要想再找到那几页可就难了，有时我甚至会忘了是出在哪一本书里，就像听到一些熟悉的旋律的时候，往往连确定是哪位大师的作品都要抓挠一番。

如果用"生存"来诠释第一本书《我心永舞》，用"生活"来表达第二本书《舞月豆蔻》的话，我想"生长"可能是这本书给我最直接的感受。这种感受仿佛是一颗种子在经历了一翻波折，甚至是连自己是开什么样的花都有些模糊的挣扎后，终于在一个能见着阳光的地方发芽了，然后，就在某个清晨，噌的一下，就开出了花，这喷薄的生命力是何等得势不可挡啊！

月月离开北京时，我鼓励她认真用笔记录生命，争取每年都出一本日记体的散文。她默默地认真而坚定地做着，从容而执著。

我相信，这只是生命之舞的序曲，精彩的画卷正在慢慢展开！

2012 年 6 月 22 日

组装一个自己

"Once you have left leg , I have right leg, we are wholesome . Now I prefer to giving you my left one , to making you perfect！"

这是 2008 年，一位外国残疾朋友来医院看望我时，跟我说的一句玩笑话。

有人说，追求美好是我们与生俱来的爱好，我觉得这个爱好，不好。因为，美好的事物很少，不是每个人都能拥有，与其跑到悬崖上去摘鲜花，不如陪着小草在阳光下晒太阳，总得给自己找个安放的地方。

可是当你刚踏上草坪，你的脚就往回缩了。因为你已经看到草儿马上就要哭泣了，你占领了她的地盘，还要踩它，于是你只好回到水泥地。

你想找到一个既可以坐着，又可沐浴阳光，还可以欣赏风景的地方。经验者说话了，世界上哪有这么好的事，可以让你一举三得！

可是我呢，不仅想一举三得，还想四得、五得呢！

看我这么贪婪，经验者不搭理我了。

不搭理我算了，我可以拼出一个自己专有的世界来！于是我开始动手组装，把床搬到阳光下，电视机离得近，我想把电视机也搬来，可是怎么也搬不动，就更不用说美丽的风景了。

残缺后自己经常想一些不可能发生的事，有时会自己组装自己，有时也会被别人组装。

当完美不在了时，组装好像就成了一种极大的乐趣，能够虚构出一个美轮美奂。只可惜宇宙浩渺，我到哪里去寻找这样的胶水。

2012 年 5 月 16 日

自序一

小猫如今也能够开口说话了，一说起来就没完没了了。也没人嫌它烦，索性它就这样一直说下去了。

今天的开场白是这样的，小猫说：首先得感谢人们宽容啦！再次觉得打扰大家了，让大家一不小心走进小猫的世界了。

小猫的世界比较冷清啊！猪啊、狗啊、大象、鹦鹉啊白天都去参加运动会了，晚上也都睡觉了。小猫的作息时间跟它们相反啦，只在夜里活跃啊！

小猫说：能在黑夜里遇到你们这些失眠的人，觉得自己十分幸运啊！麻烦多问句，你们是不是也觉得黑暗里自己的眼睛格外明亮啊？

好吧好吧不问了不问了，既然你们不喜欢回答。

其实，你们什么话不说也给小猫壮胆了！

李 月

2012 年 5 月 12 日

翻译生活——自序二

　　我常常怀疑自己是否有些自恋倾向。因为传记比自传更可靠，也不会向猫咨询有关猫科动物的心理学原则，这是多么不值得推敲的咨询，猫肯定会包庇自己啦。

　　老师说，文学绝非如实地记录下眼下的事实，否则就会连差劲的镜头都不如。它必须具有震撼力，必须能将人内心深处沉睡着的世界激发出来。因此，写作的人必须具有这样的警觉，具有对进入沉睡状态之心灵世界的警觉。它的任务无非是发出这样的警示信号，以使人从这样的沉睡中警醒。读鲁迅先生的文章我常常深有体会！可是，我真不该相信老师说的这番话，因为，自己没事儿也喜欢写写了，记些鸡毛蒜皮的小事儿啦！觉得没法跟老师的那番话相匹配啊！而且越相信老师说的，我就越觉得自己像小猫！

　　除了夜里抓老鼠，小猫再没别的什么本领了，白天只知道睡大觉。

　　其实我比猫要好，猫有脚它白天还睡大觉，要是我，我早和小狗、大象它们参加运动会去了。

　　不让我去也好，那我就在家"照镜子"，照着照着，突然有一天，我发现镜子里的那个人呀，越看越不像我了。不是自己吧，就很容易恋上她。

　　有人说其实那就是你，不可能是别人。可我还是不信。于是吧，我也就成全了自己"自恋"。就越把"自己"当回事儿，越把"自恋"当回事儿。

我的"自恋"不过是翻译"我"的生活，想探个究竟，镜子里的到底是我、是她。实在无聊去了，根本无法跟老师说的那种境界相比啦。

翻译生活时间久了吧，我竟发现自己可以在多个角色里穿梭，远远超出了当初的那个我和她。实在过瘾！自恋就自恋吧！

什么，你不信啊！不信你也试着翻译看看呀！

李　月

2012 年 5 月 12 日

本书摘录的是我2011年4月——

2012年5月的日记

——李月

2011 年 6 月 24 日　北京西站，D317 次动车，6 号车厢

坐飞机，对我来讲，已经从担心变成了恐惧，我想我这样微薄的小命是经不起折腾的（事实上也就只是缺了一条腿），更合适的说法是小命有些来之不易，参杂了太多人的汗水与泪水，于是每次都得格外小心，悠着点用。

登峰造极，索性我就把它供了起来。坐飞机风险太大，仿佛如果我从飞机上掉下去，摔碎的不是血肉，而是溅洒高空、灌溉大地的一包汗、泪混合物。可以概括为一句话：我不怕死，但我热爱生命。

所以，我强烈要求母亲，千万别订机票，于是母亲就拿着 D 字打头

我的"回故乡之路"启程了

的两张火车票回来了，我兴奋不已。

有这么高兴吗？你背叛了你们班所有的同学，你拒绝了那么多人的好意，你、你、你，简直就是不可理喻！面对这么多的批评，你总得为你的兴奋找个合适的理由吧，而且要足够有力，不然你还是不可理喻！多少孩子想在北京上学呀，你却削尖了脑袋地往回跑。我想念我的家乡，这听上去多么像借口啊；我想我的亲人，因为他们一些已经风蚀残年啦，尤其是我年迈的外公啊；我想我不应该就此成为母亲的全部吧，尽管她表示乐意；我想回到家乡我就会感觉踏实，我就会单单纯纯、安安静静地生活吧，我的心就会空出许多地方来感受更多的美好吧。这些理由加起来可以了吧！以后又不是不能再回来，所以我就贪婪地选择了离开。

离开北京，我和妈妈准备的比较充足，但走得比较仓促，也没来得及告诉太多北京的亲人。

快要去车站的时候，我给几个最关心我的亲人发去了短信。

等我们到了北京西站的时候，邹阿姨带着潼潼妹妹也刚到西站。邹阿姨坚持要来送我，带着潼潼妹妹赶了过来。潼潼妹妹一来就跳上了我的轮椅。邹阿姨推着我们，姐姐和妈妈在一旁寒暄。

我们对北京西站都不是很了解，老是找不对合适的入口。终于上了二楼的候车厅，看上去一切都准备就绪。我们在离检票口不远的地方，停了下来。这时曾叔叔从二楼的入口进来了，很快就找到了我们，人山人海曾叔叔每次都很神奇，一找就准能找到。曾叔叔刚开完会，衣服还没换就赶了过来，潼潼看见了奔向了爸爸。西站的二楼我们一圈人站在那里，像是很多话说不完。时间过得很快，姐姐提醒我们该准备检票了。可是检票口已经排起了好长的队，我们的车次比较靠前，如果等下去，可能会晚点。这时曾叔叔找到了一位工作人员，那位阿姨人很好，看我坐着轮椅，就赶紧找人帮我们开残疾人专用的电梯。电梯好像很久没人用了，我们等了一会儿，开电梯的工作人员才来。

电梯为我们节约了很多时间，一出电梯，我们就已经到了站台。

北京西站真的好大，列车停满了站台。

我第一次见到动车，看上去就像一颗被拉长的白色子弹，横躺在铁轨上。

动车不售站台票，严格来说送行的人只能送到检票口。一不小心，曾叔叔、邹阿姨、潼潼、妈妈、姐姐他们一行人就这样一路跟着我走了残疾人通道，一起坐了电梯，来到了站台上。望望站台，送行的人几乎没有。

北京西站二楼候车室，我们准备检票。

2011 年 6 月 24 日　北京西站，D317 次动车，6 号车厢内格外热闹

　　离开车还有一段时间，曾叔叔、邹阿姨、潼潼、姐姐他们都随同我和妈妈上了火车。潼潼第一次见到火车，第一次上火车，感觉有些兴奋。动车内的环境干净、舒适，就是空间很小，邻座的旅客还没有上车，我们大家都坐了下来，曾叔叔给我们拍照留念。

　　离别时，时间总是过得很快，没一会儿，列车内就开始通知，五分钟后列车就要发车了。

　　为我送行的亲人们走出了 6 号车厢，在车窗外看着我和妈妈。

　　列车终究发动了，动车的速度真的很快，一启动就很快，眼泪还没来得及钻出来，就已经看不到送行的人了。

　　谢谢你们！我爱你们，我永远爱你们，我的亲人们！

2011 年 6 月 23 日　我和姐姐失眠了

　　我以为姐姐会哭，但是她没有。

　　我以为她至少说：老妹儿，是不是得给个理由，但是她没有。

　　我以为她会不跟我说话，至少今天晚上，但是她没有。

　　我明天离开北京，今天才告诉她。

　　最后一个告诉的人，缺乏勇气告诉的人，也是往往会因告诉的内容受伤害最深的人。

　　我走后，意味着没人随时对她发号施令叫她回家。

　　我的离开，吃亏的表面看是她，实际是我。

　　我和姐姐，从小到大穿一条裤子的人，我的一个眼神都能被她看穿。可是这次我要离开，她却一点儿都不知道。

　　我和姐姐表面看，是完全不同类型的人，我外刚内柔，她外柔内刚。我们常常在一件事情的表象上纠结，但总能在实质上殊途同归。

　　我有一千个一万个理由想要讲，但是不知道怎么开口，还总被她的一大堆叮嘱阻断，东西都收拾完了没，还有没有落下的，明天几点的车……

　　一切还是像她往常回来的一样，吃完饭，我们坐在沙发上看电视，姐姐拿出一本书在一旁看，不知道到底是在看书还是在看电视。妈妈看了一会儿电视，撑不住就去睡了。

　　我还窝在沙发里，没什么睡意，心想就陪会儿她。晚上的时间不知道为什么过得飞快，转眼换台已经凌晨一点了，银幕上战争片蹦出来突然轰轰作响，把我俩吓了一跳。姐姐扔下书，坐到我跟前来，正对着电视，我俩被电视里的一个情节深深吸引。

半夜了我俩看得热血沸腾，感慨万千。姐姐更是来劲儿，不仅把战争背景的年代细细的给我普及了一遍，还一口气，把历史从夏商周一直讲到现在，从古到今，从中国史到外国史，让我受益匪浅。

再看表时已经凌晨四点，睡觉之前，姐姐跟我说了句：回去后要好好学习，要听妈妈的话。

我则把所有想要告诉她的理由转化为一句话：那是个秘密，也是个约定，如果没有实现的话，我们打算永远也不要说出来。

2011 年 4 月 16 日　我打算回家了

今天发生了两件事。一件特别不可思议，一件特别让人高兴。

星期天的早上，妈妈很早出门买菜了，我还在睡觉。平时上学起来的很早，星期天的早上我基本都会拿来补觉。我睡得很香，连妈妈什么时候出去的都不知道。妈妈看我在家，出门时没拿钥匙。

等我再次醒来，已经下午一点了。妈妈刚进家门，同时进来的还有两位警察。

我觉得自己好不可思议。

事情是这样的，早上妈妈买了菜就回来了。然后开始敲门，等着我来开。她说她不间断敲门，敲了两小时，屋里面没有一点反映。楼上楼下的人都吸引过来了，有人说："里面没人吧！"妈妈说："我女儿在里面呢！"邻居们又说会不会出去了呀，怎么可能敲这么大声都听不见呢，妈妈说都敲了两小时了。大家纷纷建议妈妈，要么打电话找开锁匠，还有人说找警察吧。

妈妈说，她当时不是担心开不了门了，主要是不知道我在不在屋里，小区里最近又老是丢东西，万一我在里面遭遇不测，她害怕死了，干脆就给警察打电话了。我想，妈妈也真是的，怎么能把警察叫来呢，想想我也不可能遭遇什么不测的，人贩子偷小孩，也得挑个健全的吧！

可是警察没过一会儿就来了，呀！警察也会开锁。但是花了些时间，锁比较复杂，半个多小时，才把它弄开。我更是服了自己了，居然连开锁的声音都没听见。

等把门弄开了，妈妈才知道原来我还躺在床上睡大觉，赶紧敲了敲我说：你晚上睡觉前服安眠药了吗，看看现在几点了？

我睡眼朦胧地赶紧爬了起来，往外望了望。外面站了两位民警正等着妈妈跟他们报告我的情况。我也出去了，两位民警异样的目光看着我。心想警察叔叔肯定服了我吧！

妈妈吓得、累得满头大汗，我赶紧让她坐下休息，倒了一杯水给妈妈端去以表道歉。妈妈说："看到你没事儿，我就谢天谢地了！"

我也不知道怎么回事儿，自己怎么就没听见呢，难道被梦里的仙境给迷住出不来了？可是自己也没做梦啊！真是的，这种雷打不动的精神，实在没人能比啊！我服了自己了。

晚上，干爹、干妈来看我了，我们在外面吃饭，我和妈妈还跟他们说起了此事。对于我的异常"镇定"他们都感到惊讶！表示没有出现不好状况就好！

我跟他们说了，我和妈妈打算回四川了，他们感到很惊讶！其实对于这件事情我跟妈妈已经商量很久了。干爹、干妈担心我回到四川后学习会跟不上，问我为什么要想回去。我把我的理由一二三四说了一遍，干爹、干妈一直以来都很关心、重视我的学习，他们说这个决定是不是还可以再想想，我要是走了，离他们也远了，到时候想帮助都帮助不到。我想三年多时间以来，他们对我的爱，我不管在哪里都能感觉得到，也不会忘记掉。人总会要学着慢慢长大，我的视野应该渐渐开阔起来，北京城很大，可是我的世界很小。人生可以分成很多不同的阶段，老天既然让一个人从死里走出来了，那么在活着的岁月里，肯定会安排给这个人一些任务，或许没那么轻松，但是我愿意去尝试。

我还跟干爹、干妈保证了回去后会好好学习、好好生活！

我想：人不管在那里，有爱就不会孤独，爱总是能够带给我们惊喜和力量！

谢谢干爹、干妈！我会永远爱你们！

我在北京的一家人：和干爹、干妈在一起（2012 年 4 月）。

6月29日 "做实验"

在家里人看来，我选择住校，仿佛是在拿自己做"实验"。

刚到学校，才发现走到哪里都人满为患，尤其是在我们四川这样的人口大省。

"不会吧，就连一个床位都没有了吗？"这是我来到学校第一天发出的感叹！

"目前就是这样，每年招生人数总是超过计划，所以床位一直都很挤的，家住在科学城附近的同学学校一般都要求走读，你家也不住科学城，那好吧，你再等等，我们再想想办法，看能不能帮你调出一空床位出来。"老师体贴的告诉我这个现状。

"老师，您也不用太为难，调床位实在很困难的话，我们走读也行。"妈妈好像特别理解老师。

"是吗，小月？"老师斜着眼冲我一笑，小心地问着我，好像能将我的内心看穿。

"也不能跟同学们一起上晚自习，我怕在家控制不了自己。"我的回答每句都向着求宿舍收留自己。

"其实小月的情况我们特别了解，您放心吧，我跟其他老师协调一下，看看能不能解决她住校的问题。"老师充满信心地告诉妈妈，让我们再等几日。

回来的一路上，妈妈的脸上都看不到一丝笑容，倒是我在心里偷乐。

　　"你非要住校吗？你确定你一开始就能适应住校生活吗？你们宿舍离教室之间一大段的楼梯，你确定晚上下自习不会被冲出的人群撞倒？"在回家的车里妈妈终于忍不住了，抛出了这一大堆的问题。

　　"不试一试又怎么知道我不行呢，怕被挤倒我可以等他们都走了再走嘛。"不就是这么简单的问题吗？我妈妈是不是也太低估她女儿的实力了。

　　"那你回到宿舍，打水怎么办？洗脸、洗脚怎么办……"一大堆的怎么办，她今天跟我的对话里面，十句话里面九句都是怎么办。

　　"到时候你就知道了呀！"我笑呵呵回答道。

　　她看我的眼神里，总是透出我的无知与淘气。转过头不搭理我了。看着窗外，好像还在计算还有没有什么"怎么办"说漏的。

我和老师们在一起

7月2日　腿腿，怕

　　我特别相信小孩子说的话，小孩说话特别真，真话不好听，真话一般都很少能听到。但在小孩子嘴里，你听到的句句都是真话。

　　"月儿，腿腿，月儿，腿腿，怕……"

　　小表弟2岁了，每次来到我家，都会跑到堆杂货的房间去，因为里面有很多我的玩具，他，一个小家伙在里面翻箱倒柜。一次，突然跑了出来，奔到她妈妈怀里。舅妈觉得奇怪，问他怎么了，他指着房间说："腿腿，怕，腿腿，怕……"

　　我妈妈听到了，说："哦，对了，月儿的假肢放在那个房间的，他可能看到了！"

　　"假肢有什么好可怕的，又不是血淋淋的肉！"说完，我转身就回房了！

　　后来妈妈把我的假肢收起来了。那是很早前的一个假肢了，现在用已经不合适。

　　假肢真的很可怕吗？

　　不是有人说了吗，如果你足够自信的话，根本不用害怕别人怎么说。

　　我觉得自己还是挺自信的，我把每一个细节都注意到了。我喜欢穿裙子，但我一定会记得穿袜子，我的袜子是经妈妈改装过的，不会露出一点缝隙。我的腿上有很多伤痕落下了疤，残端漏出来更不会了，不是觉得那样不美，作为一个女孩子，我也很爱美呀，我也穿裙子呀。可是露出疤，让别人看到，我真的觉得很不礼貌啦！

我自己知道，一条腿的人穿裙子不好看，可是我已经遮住了疤，你们为什么还要笑呢！

其实，我应该知足了，因为我听到的这样的话其实也不多啦，亲人们都没小表弟那样诚实啦，不管我穿得多难看，他们也说：美啦、美啦！

看吧，这样不好吧，搞得我自己都相信啦！

现在长大一些了。觉得那会儿的自己有些不可理喻，干嘛要和一个两岁的小孩子生气啦！至少他让我知道，假肢看上去真的很可怕啦！

我特别喜欢听真话了，喜欢跟两岁的小表弟玩啦！

"月儿，疤疤，怕……"我在家比较随意，没穿袜子，小表弟，指着我的残端一直说，直到我把袜子穿上。

后来我也不听他的话了，倒是把他也给练出来了。胆子越来越大，还跑过来摸一下，咯咯咯地笑了！

7月6日 眼镜

记得小学时候，我们班里有一阵可流行戴眼镜了，班里学习成绩最好的那位同学，先天性高度近视，自打我们小学上学第一天起她就戴着眼镜，后来到了三年级的时候班里的同学也有几个陆续戴上了眼镜。一时间戴眼镜就在我们班流行开来，仿佛每一位同学带上眼睛后都能马上变成第一名一样，显得文绉绉的。

我也是在那个时间配的眼镜。其实我不是完全跟班里同学一起赶时髦，是因为眼睛的确有些近视，看黑板有时会比较模糊，那会儿刚开始配眼镜的时候，我200多度。

"能不戴吗？"外婆问我说。

"嗯，不不不……"我边摇头边回答。

"能少戴吗？"等配了眼镜之后外婆又问。

"这个可以！我只在上课看看黑板的时候戴。"我回答道。

外婆以前说好好的一眼睛，怎么就近视了呢？戴眼镜多难看啊！我倒不觉得反而觉得带上眼镜后的自己格外好看。

"瞧你那双水汪汪的大眼，要被这眼镜给磨去光亮，你的眼睛不幸运啊！"外婆经常发出这样的感叹！

那会儿，我才不相信戴眼镜会使眼睛变形呢，我只知道自己的眼睛一下子明亮了许多，自己一下子也变得文绉绉了，这些才是关键。

现在想起来真是后悔了，眼镜戴的时间长了，真的会使眼睛变形，会变得越来越像丹凤眼，眼睛会越来越没有神气。

我现在知道这个事实了，可是已经晚了，已经带上了就摘不下来了。

一副眼镜我能戴好久，现在戴着的这幅已经是 3 年前配的了，我这两年里一直把眼睛保护的比较好，度数也没怎么上升，可是昨晚睡觉前看书看到很晚，睡觉时把眼镜放在了枕头边，今天早上起来的时候，一不小心头撑在上面了，咯叽一声，不好，把一个镜片给压坏了，我当时后悔不已。已经戴了这么多年的眼镜在我的一个不小心下，就"光荣下岗"了。

妈妈带着我来到了眼镜店，工作人员先给我测了测度数，有增无减，近视就像一颗毒瘤，总是在悄悄的扩散。妈妈老是说我看书姿势不规范，度数增加我也不惊吓，只是对旧的那副心存歉疚。

戴着新配的眼镜，我还有些不习惯。

7月8日 残缺是土壤

为何不能这样想
我拆掉了自己的一只腿
接下来
我还会拆掉另一只
再加一双手

为何不能使不能接受的无奈夭折
这是个挽救的最佳办法
不幸丢失了美丽四肢的雕像
凝望着一尊珍贵无比的石料
定能雕出它未来的形象

为何完美一定为天生
残缺才是完美最滋养的土壤

7 月 13 日　我在山上

　　"从前有座山，山脚下有座庙，山顶上有座学校。"这是妈妈送我来学校时路上编的小故事的开头。

　　"这的环境多么适合修炼啊，祝你早日成仙！"这是妈妈送我到学校后离开时对我说的祝福。

　　"山上风光无限好，山下有座小寺庙，山的那边是我家，踮着脚尖就可以看到！"我在山上一关就是五天，关五天歇两天了。这是我在"山洞里"写给自己的打油诗。

　　"山"的名字叫：绵阳科学城

　　我修炼入住的"山洞"叫做：四川省科学城第一中学。

7 月 11 日

在一条错误的路上，奔跑反而更糟糕！

7月17日 礼物

今天我才收到姐姐送我的生日礼物，一个地球仪。

作为曾经非常喜欢给别人送礼物的我来讲，买礼物自然不是什么难事儿。

元旦节、妇女节、六一儿童节、教师节、圣诞节，后来还有万圣节、情人节、愚人、母亲节、父亲节、感恩节。只要是个节我们都想过，据说这是我们这一代小孩子的通病。不要以为我们是喜欢放假，不过的确我们也喜欢放假，但是我们喜欢过节是另外的原因。因为可以为好朋友精心准备礼物，自己也会收到礼物，那是件很开心的事情。

大人们说，你们有没有意思啊，你送过来、我送回去，都是卡片。可是我们呢，就是喜欢这样的交换，怎么能忽略交换的价值。也有人说是我们现在这一代孩子，独生子女太多，精神空虚的表现。

上面的这些节日还不算什么，因为大多数时间我们还是能够消费得起。小学时，我们班也有同学为了省钱买礼物不吃早饭，一顿早饭和一张卡片，哪个更划算，我们定说一张卡片，早饭天天有，节日不会天天过，尽管现在也很频繁。

如果说过节，我们这些小孩喜欢小打小闹的话，那同学过生日那就不容忽视了。

我喜欢给好友送生日礼物，我觉得人能一天天长大是件神奇的事情，我们不容小觑，我总是会花些心思给好友准备礼物，虽然不是多么值钱，最多也就几顿早饭搞定，可是里面包含着送礼物人的心意。我自以为这种新意很简单，自然是：如果你们是好朋友的话，他/她喜欢什么，平时不知不觉也会有所了解；如果实在不知道的话，你就会买自己喜欢的东西送给好朋友。反正我买礼物就坚持这两项原则，所以觉得很简单。

可是后来有个同学登峰造极。说，其实礼物还可以按需求买、按特定对象送。他给一个特别喜欢小动物的同学，送过乌龟；给一个天天迟到的同学，送过闹钟；给一个全班公认为长得最像恐龙的同学，送过镜子。想想他得多坏！最要命的是收到礼物的同学还感动的要死！

一日，收到镜子的女生把她的感动写成了作文，老师觉得她的文章描述得细腻、生动，情感流露真实，题材反映同学之间的友爱。于是邀请女生上台把自己写的作文念给大家分享。女生高兴的上了讲台，刚念到"打开包装精美的盒子，哇塞，里面居然是一面镜子……"全班同学哄堂大笑。有人说，是不是老师故意的呀！可是老师并不知道大家给上台的那位女生起了个外号叫恐龙。

看来礼物还是不能随便收！

但是我还是喜欢套用自己的原则。

我收到一个地球仪，是姐姐送我的生日礼物。

我很喜欢地理吗？没有啊，她很喜欢地理吗？这个我也不是很清楚啊！难道她也跟那个坏男生一样吗？

其实姐姐一定程度上跟那个坏男生的目的异曲同工。我地理真的学得不好，好像除了语文，我哪门都不好，姐姐这些年差点就把我所学的，与科目有关辅助工具送了个遍。送地球仪，说得好听些就是：你看地球这么圆，多有趣啊！说得不客气了就是：你地理那么烂，还不好好看！

哈哈哈，当初嘲笑那位女生长得像恐龙的同学，怎么没想过，镜子可以让人越照越美呢！

7月23日　比可怜

　　你应该考得更好，你应该更加勇敢，应该有人比你更惨，我不喜欢"更"这个字，"更"追求的目标应该是极限，是不是每个人都喜欢追求极限？反正我不喜欢，追求极限的过程在我看来就是披荆斩棘、大开杀戒，最后杀他个片甲不留。

　　更何况并不是每个人都潜力无限，倘若你非要把自己有限的潜能无限发挥的话，那绝对是走向自残。最重要的是不追求极限不等于不求上进。说来说去，就是个程度的问题，而"更"这个字，就是要你最后把自己弄得跟个超人似的。

　　超人固然是好，可是也不是每个人都能当，何况还数量有限。

　　小时候，爸爸妈妈离婚后，我跟我姐姐手拉着手走在大街上，我突发奇想问姐姐。

　　"你说爸爸妈妈爱我们吗？"

　　她抬头仰望天空，想了想说："应该也爱吧，可是他们更爱他们自己！"这个"更"字听得我好失望。

　　"是我们不够听话，不够乖吗？"我又问。

　　"对呀，所以你要更加听话，变得更乖！"姐姐笑着回答道，峰回路转，我总算又在"更"字中找到了希望。

　　可是后来我知道了，爸爸、妈妈爱不爱我们，跟我们听不听话、乖不乖一点关系都没有，也根本就谈不上更不更的后话。我总觉得

"更"就是个假象，它的意义就是把你弄得像个超人。

总之，我既不喜欢挑战极限，也没有当超人的志向，我为什么要跟别人比可怜，为什么要比别人更可怜。

7 月 24 日　外公的菜园子

　　周末了，我喜欢跟外公呆在一起，都是一个人，说不上是我陪他还是他陪我。

　　外公家的后院，有个菜园子。不大个地儿，一年四季，菜场有的蔬菜他这也有。

　　外公说："走，咱们出去摘些菜回来，自己挑，你想吃什么咱们摘什么！"

　　"真的可以吗？太好了，都有什么呀！"我好奇地问着外公。

　　"走吧，你去了自然就知道了嘛！"外公得意地回答道。

外公在苦瓜架下

我在外公的菜园子

外公拎了个菜篮子，戴了顶草帽，递给我一把伞，意思是让我打着伞出去，遮阳。

我示意了一下手上挂着的两根拐，他马上反映过来，索性把头上的草帽也摘了，和伞扔在了一旁。

菜园子不大，但里面的品种齐全，青椒、茄子、苦瓜、丝瓜、豆角、西红柿各占一席，两处角落里，一块小葱、一块月季，整整齐齐、亭亭玉立。

"给，尝一个。"外公走进园子摘了个西红柿递给我。

"不用洗吗?"我问外公。

"纯天然的，不带化肥、弄药，这块地好，我天天看着它们，不需要用那些。"外公自信地说道。

我用手擦了擦，放进嘴里便开吃。

园子里茄子最少，每一株秧苗上都挂有，可是大的不多，外公一开始竟挑那最大个、最饱满的摘，三两下就没了，最后可着小的也摘。

外公在我身后

我告诉外公别摘了，就我们俩摘多了吃不了，外公说没关系，咱晚上留着做茄饼。

"您也会做茄饼？"我惊讶地问道。

茄饼是我小时候最喜欢吃的一道菜，外公也可喜欢吃了，外婆一到夏天茄子上市了，就天天做给我们吃，今天夹肉末，明天夹鸡蛋。就这样都没把我们吃腻。

外公以前从不洗衣、做饭，我以前也不知道外公会不会洗衣、做饭，因为自记事儿以来，这些事儿就一直是外婆在做。除了工作，外公只管穿和吃。

"要吃苦瓜吗？"外公蹲在架子下问道。

"好啊好啊，苦瓜炒鸡蛋。"我一直喜欢吃苦瓜，不是因为喜欢它的苦，而是夏日里吃苦瓜的的确确很败火。

第一次看外公做饭，不知道为什么，高兴不起来，站在一旁的我眼泪忽然夺眶而出，我走出了厨房，直到外公端出第一盘菜，问我是不是饿了可以先开动。

我们爷孙俩围着一桌丰盛的菜，边吃边聊，都是些外公爱听的话题。学习有没有进步啊，身体有没有不好的状况啊，学校的饭菜怎么样啊，和老师、同学相处愉快不啊，有没有给别人添太多麻烦啊……即便是知道我的回答每次都一样，但他从不嫌累，我也从未觉得烦。

在菜园里摘菜的时候，我跟外公有一句没一句的对话，我问外公："你还记得不，以前外婆老说等她再老些了还想回农村，养几头猪种个菜园子。"

外公半天没啃声。

隔了一会儿，他从丝瓜架子的一头露出了背影，边摘边说："你想种菜园子不，空了我也给你开发出一块小地来，种菜、种瓜、种花、种心情、种什么都可以。"

8 月 18 日

读书一

书本能磨掉你眼神里的光

也能点燃你心中的亮

读书二

阅读或写作就像生命的过程

页码则是标识该过程流逝的秒针

不管你愿不愿意，它都会这样移入既往行驶而过

2011 年 8 月 20 日　热闹圈圈

　　我喜欢热闹，特喜欢在人声嘈杂的地方呆着，比如菜市场、游乐园、商场、车站或者马路边。这样让我觉得特有安全感。每次拖着拐提提卡卡上路，我都跟打了鸡血似的，小道上的阳光好像全都洒在了我一个人身上，按理说沐浴在阳光里，我应该闲庭信步。但我又往往健步如飞，夹着拐、埋着头、一脚一迈一大步，频率还特快。有人说看上去活像电视里刚得到情报的女特务。于是陪同我的人往往都是小跑，这感觉让瘸子也能走出大将风范。

　　说起来我自己都觉得好笑，不买菜、不游玩、不购物、不搭车，就只想找个地方把自己往那一放。于是，我妈妈就该干嘛干嘛，我呢，就开始观人，我会将双手的拇指和食指伸直再那么一拼，一个小窗口就出现了，走进我的小窗口的人可多了，因为离得远，听不见框在我手窗里的人在说什么。于是我就喜欢猜，猜他们是母子吧！猜他们是父女吧！猜他们是姐妹吧！猜他们是情侣吧！

　　有人说：你无聊透了吧！不如我带你去玩！

　　这个人是谁呀，怎么人家带你走你就跟着去了呀！他是我外公了啦！外公问我想不想去公园玩？

　　我已经很久很久没有去过了，已经很久很久没有跟着外公一起去公园了。

　　外公说，你走前面，其实我还是习惯走在后面。上一次这样的场景发生在四五年前。外公双手背后，抬头挺胸走在前面，我蹦蹦跳跳地跟在后面！

如今，外公非要让我走前，说万一我不小心摔倒了，后面还有一道防线。

"你要不要去套圈圈（公园里面小商贩们摆地摊的一种游戏）？"外公指着远处让我去看看。

我喜欢热闹的地方，但很多人都围在身边我还是好不习惯。怎么来到套圈圈的地方，圈圈没人看了，都改看我了。

有人喊了一句，我成了全场的焦点。被大家直直地盯着看。有个阿姨，带着她的女儿过来了，小女孩说："姐姐，姐姐，我想跟你照张照片！"刚拍完，一个小男孩又过来了，于是我就成了一尊"雕塑"立在了圈圈旁边。

我好想跟外公说：其实我想套圈圈，可是现在我被圈在了圈圈里面。

我和外公

7月28日　我俩穿一双鞋

夏日的傍晚，屋里特别热不宜久留。为打破我不出门的习惯，按我妈的说法，如果我再不出去可能会憋出病来。我已经 9 天没有踏出家门了，除了补习老师会来，几乎很难听到我开口说话。事实上什么事情也没有发生，我只是经常陷入这样的状态，并不是所谓的心情低潮阶段，直到我妈看见我每天拖出个瑜伽垫子，放上舒缓的音乐，开始拉伸筋骨，她才制止自己帮我请心理医生的想法。

下午，我们早早地吃过了晚饭，妈妈说一会儿要带我出去走走。我为澄清病态，只好答应。

一出家门，就是河堤，河堤两岸杨柳青青，来来往往老人居多，阵阵晚风从河面吹来，想要清走人们身上带着的炎炎夏意。我不是不喜欢这样的散步，只是觉得对于缺脚的人来讲散步是种奢侈，被看更是奢侈带来的羞辱。

"你走你的路，别人走别人的路，没人会停下来无聊地看，除非你是稀奇古怪。"妈妈说。

我自然不是什么稀奇古怪，走累了，我撑着河堤行人道旁的石墙围栏，停了下来，凝望河面，感受晚风带来惬意。

这时妈妈突然和一家人聊了起来，其中的一个阿姨，走到我跟前来说，这就是月月呀，长这么大了，真好！瑶瑶一直想见她，感谢她都没有机会。我一时有些摸不着头脑。瑶瑶是谁？这个阿姨为什么又一直对我妈妈说着感谢？

等他们走后妈妈告诉了我原因。

三年前，我还在北京博爱医院的时候，突然萌生出了一个想法。让妈妈在四川家乡找到一个和我一样大失去右脚的女孩子。

妈妈赚钱很不容易，自己省吃俭用，却从不在吃穿方面亏待我。她喜欢给我买鞋，当我失去左腿后，她更是比任何时候给我买的鞋都多。她觉得我没失去展现美的权利。可是每次买回来新鞋，我都觉得好是浪费。另一只就静静地躺在那里。我让妈妈找到那样一个女孩，没错，就是想把另一只鞋送给她穿。

于是三年里，我都和这个从未谋面的瑶瑶共穿一双鞋，瑶瑶的腿也是地震时失去的，瑶瑶比我小一岁，但是脚和我一般长。妈妈说，瑶瑶妈妈曾经在电话里告诉她说，每次瑶瑶拿到我的另一只鞋都会格外高兴，说月月姐姐的鞋很好看。

听到这里，我觉得我曾经的那个小愿望居然实现了，对妈妈感谢不已。

我喜欢看着别人快乐，因为快乐会传染，瑶瑶或许能把这份快乐传给更多的人。而我则负责好好学习，长大后赚了钱买更多更好看的鞋。

穿一双鞋，相互搀扶着走向同一个美好的世界。

我本以为，我的角色就已固定。

事实上，在命运提起诉讼的这场官司里，法官并没有附加剥夺我帮助别人的权利。

8月1日　天才也要感谢

故事里说，M小姐在他们国家，因为跳水连年得冠，获得了国王亲自接见，当荣誉勋章挂在她的脖子上时，她激动地哭了。把所有的人感谢了一圈，最后竟然没有感谢父母。

有人说她可能是疏忽遗漏了，有人说她丧失了做人最起码的良知。

翻看M小姐的简介一看，才知道M小姐从小在孤儿院长大。

她都不知道父母是谁，怎么感谢。有人说。其实他更想说的是，都没有养育、照顾过M小姐，就更不用说精心栽培了。最终想要说的是，他们丢弃了她。

但他也不敢保证，如果M小姐的父母知道自己的女儿将来能成为游泳健将，而选择不丢弃她。因为当前的紧迫性往往和过去、未来无关。

M小姐在他们国家被说成是游泳天才，她几乎从未失败。

因为是天才，所以她成长的轨迹，就像标准时钟一样不偏不倚地记录着所走过的每一条路径；不同于普通成功者，间隙里夹杂着无数次的失败，有着无数次亲朋好友的支持和鼓舞。M小姐她都从未得到，又何来感谢。

我想说M小姐忘记了感谢不可怕，只要下次记得了就可以。未得到绝不必然没感谢。如果没有敌人，战争谈何胜利；如果没有对手，选手何来夺冠。敌人、对手不可能帮你努力，但他们却实实在在助你成功，怎能忽略最值得感谢的人？

　　我想，父母毕竟不是敌人，没有他们就没有我们，不管你是不是天才，都得感谢！

9月9日　自闭症

　　最近几日，看完了姐姐推荐一本小书，名字叫《爸爸爱喜禾》。讲的是一个父亲在得知自己不到两岁的儿子患有自闭症后的一系列心情。作者是个编剧，非常能调侃生活，乐观中充满绝望，看得人哭笑不得，总觉得编剧这个工作对他来讲就是个讽刺，谁让老天没事儿就喜欢开玩笑呢。

　　事实上，我对自闭症并不是很了解，一开始我以为不是哑巴却不说话的人就是自闭症患者。有段时间，我甚至怀疑自己是不是也得了自闭症。但是被告知那是交流恐惧症后，我才知道原来自闭症不是谁都能得的。书里面说据统计，自闭症儿童的父母普遍高学历，还不是一般的高，硕博偏多，而且多数自闭症患者都是先天的，于是我对自己父母的低学历感到窃喜。

　　突然想到小学时干过的一件傻事，一想起来我就觉得自己的遭遇八成是对当时无知的报应。

　　那时候我们曲山小学，有两个门，一个大门，也就是正门，一个小门，又称后门，大门两边总是站着两个带着袖标执勤的同学，检查每一个进校学生是否穿校服、是否戴红领巾、是否戴校徽，他们可严肃了。所以学校两旁卖红领巾、卖校徽的商店生意可好了。那时候我家里红领巾成堆，外婆每次老说我不长记性，拿早饭钱来买红领巾让自己挨饿，我每次都嘟着嘴满脸无奈在批评面前装可怜。学校后门，门不大，但走那的人也不少，通常都是那些仪表不合格又不能挨饿的同学，我有时也走，但是更多时候呆在那里，是和班里的小组同学一块打扫卫生——扫后门，特别是秋天，梧桐树叶落下来时，漫天飞舞，我们一群小同学拿着扫把扫啊扫，好像永远也扫不完，但是我们反倒觉得很好玩，上课了都赖着不走，因为打扫卫生是上课迟到的好借口，那会儿学校对每个班卫生考核非常严格，我们班上每周都挂流动红旗，每周升旗仪式晨会校长都全校通报表扬，所以打扫卫生在我们班主任看来和上课学习的正当性不相上下。所以经常早上已经上课了，我们小组同学还在扫后门……

上课后，通向后门的那条小道几乎就无人了、可安静了。

每每这时，我们总会看到一个女生的出现。她头顶两个马尾辫，高低不一，乱糟糟的。喜欢把大拇指含在嘴里，歪着头，咧着嘴，口水直流。背着书包，一肩挎着，半边背带悬空，没事看着我们就傻笑。女生们看到她就跑，边跑边叫，躲得远远的，仿佛那个女生走近了会咬她们一口，或者被她碰到就会被传染成和她一样。可是通常情况是她对着我们憨憨傻笑走过。她还有一个毛病就是，走路有问题，就像瘸子一样。调皮的男同学倒没觉得她恐怖，总是一颠一簸地学她走路。我那会儿个小胆大，模仿功能还特强，所以也跟在她后面走过，学得很像通常会把大家逗得哈哈大笑，呵呵呵还感觉特有成就感。

看来成为瘸子是我小时候隐藏在罪恶灵魂深处的伟大"志向"，老天为了洗涤我罪恶的灵魂最终成全了我伟大的"志向"，并鞭策我为了我的伟大"事业"而奋斗余生。

后来我知道了那个女生名叫"冰又"，她还有个亲哥哥叫"冰冰"。父母是我们县城一中的老师，但是他们被小县城里众人熟知的身份更多的是"俩傻子"的爸妈。事实上，我和我的同学在后门看到的冰又应该是她最可爱的时候了。因为她和哥哥经常情不自禁地冲着过路的行人乱吼，吓坏小孩子了，总是被一旁的大人们骂；他们还会不自觉的走进商店"偷"东西，为此不知道背着父母他们挨了多少人的打。

我还清楚地记得有一次，自己目睹冰又抢了一个小孩子手里的鸡腿面包，当时她速度可快了，抢完就跑，然后小孩子就哇哇哇大哭，小孩的母亲嘴里骂的全是难听的话，小孩的父亲貌似要追上去打，冰又的母亲站在跟前，他也就作罢。冰又的母亲没有去追，她很镇定的从兜里掏了两块钱出来，交给了小孩的母亲。没有说话，顺着冰又跑去的方向走去。临走时小孩的父亲还不忘指着冰又的母亲数落了几句。我当时不太明白为什么冰又的母亲没有跟小孩的父母道歉，她一句话都没有，反而倒是对气急败坏的小孩的爸妈表示理解。冰又的母亲是人民教师，她怎么会不懂最起码的礼貌呢。

现在我明白了，她不去追冰又，是因为她知道她永远也追不上冰又，她清楚地明白她走不进冰又的世界；她不道歉，不是因为她不懂礼貌，是因为她曾经屡屡道歉，现在的她累了，人一旦累了，就比较容易麻木，而这样的麻木又仿佛能让她走进女儿的世界，所以她可以为这样仿佛产生的可能，竖起一堵高墙，毅然选择与全世界为敌。

冰又的父母在得知自己的孩子患有自闭症的那时起，他们没有抛弃，就表示接受了老天下的判决，这判决从来就没有经过质证、辩论，本来对他们就不公平，凭什么只允许老天开玩笑，不允许冰又家发脾气，即便他们找错对象与全世界为敌。

我想，偶尔能为老天的玩笑买单我们应该感到无比光荣。因为老天在造人的同时也造出了一种高尚叫做理解，造出了一种美德叫做大度。而对于自闭症来讲没有人要求你必须"拆墙"上"战场"，不作为便是最温柔的攻守。

谁知道这是不是考验，谁知道哪天她会不会也跟你开玩笑！而自闭症只是其中的一种方式。

9月15日　清水吹不出泡泡

　　杨绛奶奶说："我只是一滴清水，不是肥皂水，不能吹泡泡。"这是她在交完书稿后说的一句风趣话。她当时只是用来说自己不喜欢为自己的新书吹嘘宣传。她感兴趣的是写，因此她只负责写，至于书卖的是好是坏，那对她来讲不重要。

　　如今，我引用杨绛奶奶的这句话，并不是要表达和她同样的意思。而是想对一些无事生非的人讲，如果你们想吹泡泡，最好去找肥皂水，望着一潭清水，恐怕是要扫你们的兴了。

　　一路走来，我没有受到任何特殊的待遇，唯一让我感觉到特殊是每次走残疾人通道时路人投来的羡慕的眼光。就这福利，他们也知道羡慕归羡慕，也没有一个人站出来说：我要和你换！

　　2008年国家、人民遭受了巨大的损失，同为不幸的一员，我和大多数受灾的同胞一样，及时得到了政府的救治，挽回了生命，对此我已感激不已。在能为家乡人民争取更多的善款的时候，在我的治疗期间，作为灾区代表人物我从未拒绝出席领取每一笔善款，从未为自己抽取过一丝福利，从不敢辞演每一场慈善演出。国家对于大家都是同样的待遇，我因为治疗甚至没有得到我应有的待遇。我从不把此看作自己失去了什么。

　　能够为人民谋福利、能够为国家做贡献回报国家，这样的意义，在我看来远大于我为自己谋福利。

我们有自己勤劳的双手、有经历过风雨过后的坚强、有着和常人同样的智慧。身体的残疾，并不代表思想的残疾。只有自己创造的价值那才是真正的价值，只有用自己的劳动创造的幸福那才叫真的幸福，只有走在自己铺开的道路上那才会感觉踏实。

我在这条路上默默地走着，不需要跟任何人解释，道理就这么简单。

所以，对着一潭清水你不可能吹得出泡泡。

沉入谷底的小花
——李星手记

　　总结我妹，现在对我来讲是越来越困难。只能说出个大概：她少言多感、心地善良、勇敢坚强、表里不一、刁钻古怪、逃避现实、吹毛求疵。下面我就来一一为您解释。

　　少言多感。她平时见人很少说话，几乎不开口，除非是自己非常熟习的朋友。因此她选择写书记录生活，我们也不难理解。

"小花"自拍

心地善良。她从不伤害别人，几乎不会拒绝。别人对她无理，对她讽刺、挖苦她从来不会回击，她说那是因为她懒得费力气，自己又不是身强体壮。到最后，别人的一切行为都能得到她的谅解。

勇敢坚强。这是大家对她评论最多的四个字，我看到的她不完全是这样，勇敢和坚强，其实完全是两个词。分开来看，月是只坚强，不勇敢。坚强是一个过程，而勇敢往往只要开头的一瞬间。记得她跟我说过一句话：我们可以不那么无畏，但我们一定要坚强。勇敢和无畏有时会把我们引上极端，在她看来极端离死亡不远，无论是极端好，还是极端坏。

表里不一。她常常内心痛苦，表面阳光。由于姐妹的关系，我时常把她看穿，我问她为什么要这样，她告诉我说："每一个人都有一个与众不同的自己和一个与众相同的自己，只是所占的比例不同!"据说，人只要伪装久了，就会信以为真，就跟狼来了的故事一样! 不过还好，她伪装的是幸福!

如果说前面的都是在夸她的话，那么接下来我就会不客气了。不是说缺点更容易认识一个人吗，那让我们来认识一下她吧。

逃避现实。她不太爱承认自己的错误，即便是自己心知肚明的。这样的人往往会在同一件事情上多次犯错，因为她自己可以原谅自己。至于会导致什么样的结果，她根本不关心，不承担。她会逃到自己建筑的城堡里把自己锁起来。

刁钻古怪。会抓着一件事不放，这件事在我们看起来也许并不是那么严重。脾气很倔，头上有两个旋涡，又属牛，外婆说是跟这有关。

吹毛求疵。对别人要求不高，但是对自己苛求完美。而她自己清楚地知道自己无论从哪一方面来讲自己都离完美很远，因此常常被追求完美这种变态人格折磨，陷入自我矛盾。

但这些优点、缺点在我看来都不够有特点，用来描述她都还是不那么准确。

而且这些性格要素一点不影响我在她身上看到的最宝贵的特点
——平凡、真实。

她活得平凡，平凡的像一棵草；她活得真实，真实的让我很多时
候感觉不到她的存在。也许在你看来的一个绝好的机会，在她看来什
么都不算，也许你认为大家都会抢着拿的东西，她可能手都懒得伸，
也许你的世界里拥有华丽的水晶，在她的世界里只会是块平凡的石头。

这就是我妹，不加雕琢，素面朝天。平凡得让你找不到任何文字
描述，真实得让你快要感觉不到她的存在。但也说不好，万一她沉下
去、沉下去，沉到谷底，哪天再开出一朵小花！

2012 年 5 月 9 日

9月5日　集邮爱好者

姐姐从包里拿出了一本册子。我赶忙凑了过去，淡淡的秋意，落叶纷撒一地，封面图片好有诗意，看上去像是影集。

"你有这么多新照片啊？快打开看看！"我冲着姐姐叫道。

"哪是什么影集。"姐姐边说边翻开册子。

原来是集邮册，我这才想起来姐姐是集邮爱好者。打开的册子里附着的邮票稀稀散散，也不那么整齐。姐姐说装在包里在人群里推推挤挤，没保护好。拿出来从新粘好，贴整齐。她认真地将着那一张张不大的邮票。姐姐集邮册里第一邮票，面值80分，看上去也不是很陈旧。她说那张是从2008年收到的一封信的信封上剪下来的，邮册里的邮票真的不是很多，2008年的纪念邮票比较多，都是些有关奥运的，接下来还有些2010年上海世博会的纪念邮票，新年生肖邮票，这些大多数都是她自己买来的，书信邮票也就只有几张，毕竟这个年代书信通讯已经在渐渐成为历史。这些邮票和她曾经那个旧邮册里的不管是从数量还是质量都无法比。

我突然在心里问自己：失去的爱好还可以重新拾起来吗？

2010年，我和她第一次一起回北川老县城（地震遗址）。我们来到了已成一堆废墟的家的跟前，站了很久，望了很久，仿佛要将那一堆堆废墟看穿，姐姐当时说了句，真想把它掀翻。

废墟就像个小偷，偷了我们的家园，偷了别人的爸爸、妈妈，偷了爸爸、妈妈的娃娃，偷了我的梦想，偷去了姐姐的爱好。我要是个警察把它抓到了一定第一时间将它枪毙，还要从它身上搜出姐姐的集邮册。

姐姐旧的那个集邮册，里面的邮票多得打挤，重叠起来、连接起来粘在一起，稠稠密密。那个集邮册是爸爸青年时候买的，里面大部分的邮票都是爸爸收集的，后来送给了姐姐，姐姐也并没有减弱收集。在那本集子里，有我见过的最老的邮票，老的都快烂掉，你只能拿镊子夹着看，还有些粮票也一并收在了里面。姐姐说那本里面大多数都是她小学时收集的，小学上学第一天，学校就给每个同学发了一套纪念邮票，那是她放进去的第一套邮票，一开始也很不容易，因为书信毕竟很少。后来见家里人谁收信，就第一时间跑去要邮票，很多都是她索要的。记得我上小学时，一次她收到外籍老师回国后给她寄来的明信片，激动的不得了，当时还说要是能把邮票剪下来就好了。姐姐那时没事儿了总喜欢把她那宝贝儿抱出来看，家里来客人了还喜欢把人拉到她房间里去研讨，其实就是炫耀。哈哈，每次我总是在一旁负责拆台说："那其实是我爸爸收集的啦！"姐姐瞪我一眼，我还逗她说："等你上学走了，我实在想吃糖了就把它拿去卖了，肯定能买些钱。""你敢，试试看！"她老是说。

这些场景仿佛就在昨天。我回过头看姐姐，她还在拨弄着那几张邮票。重新开始集邮这是个过程，在今天这个时代，还是个相当困难的过程。我灵机一动，走进了房间，从柜子里拿出了一样东西，递给了她。

"哇塞！"她很是惊讶！

"这个就送给你啦！"我很爽快决定了。

"干嘛给我啊，你应该留作纪念呀！"姐姐犹豫了没有接过。

"对我来讲拿着就是浪费呀，物尽其用那才好嘛！你把它收进你的邮册里，我也没有失去呀，想看还是能看嘛！"说着我就把东西放在她腿上。

"那好吧，我们一起集邮吧！"姐姐这下高兴的收下了。

我送姐姐的是一套国家大剧院发行的珍藏版邮票，看上去非常精美，特别是脸谱邮票，线条清晰流畅，色彩鲜明艳丽。放在姐姐新的集邮册里，一下子增添不少活力。

我们一起集邮，妈妈说看上去有意义多了。她还突发奇想，告诉我其实还遗漏了一些邮票。说着就进屋去了，出来时手里拿着一大堆的信件。

"老妈、老妈，关键时候很给力哦！"我和姐姐一下子反映过来了。妈妈手里捧着的，是2008年全国各地的小朋友们寄给我的祝福来信。每一封信的信封上都粘贴着邮票。我和姐姐轻轻的将它们一张一张的捋下来，有的和信封一体，我们就用剪刀把它剪了下来。一张一张的附在集邮册上，每一张下面都写上 from XXX，不一会儿，集子的一半就给贴过去。每一张邮票上都盖着邮戳，看上去像是历史对之施虐而留下的印记，因为它总让逝去的历史显得有力。

事实证明，爱好不仅可以重新拾回，爱好还可以传染，只要你愿意。

9月29日　一号店

我犹豫了很久，要不要进一号店呀。

里面是个什么样的构造、格局呢，是每一人单独一间呢，还是敞着就只有一间，听说学校公共澡堂都是大家敞着的一个大间。

我喜欢洗澡。小的时候，和小伙伴们在外面玩够了，弄得脏脏的回家就想洗澡；下雨了淋湿了回家也要洗个热水澡；头发出一点汗了也要洗澡；天气太热更想洗澡，泡在里面就不想出来；有事儿没事儿了就喜欢洗澡，夏天了我就天天洗澡。

每次洗澡的时间都比较长，每次听见里面没声了，外婆就在外面喊："是不是洗完了，洗完了就赶紧出来吧！大家都等着上厕所呢！"我每次都回答："还早着呢！我才刚开始洗头发。"因为头发可长了，洗上一遍就很累了，我每次都还洗两遍，中间自然要休息啦，外婆叫我其实是怕我晕倒在里面啦。

"一到夏天洗发水用的可快了，这次买了超大号的，看你能用多久，别看着大，用起来就挤个没完啊！"外婆对着在一旁看电视的我说道！

"那我每天都要洗啊，不洗就不舒服呀，要不这样吧，外婆你带我去把头发剪短了吧！"我仰着脸，跟外婆没完没了道。

"还是算了吧，那点儿洗发水我还是买得起的，剪了头发你跟我哭鼻子，那我可真的没辙了。"外婆说着就进厨房了。其实哪是我舍不得剪头发呀，分明就是她说了，女孩子嘛，留着头发那才像话嘛！

洗发水看来是省不了了，后来我能为家里节省水费了，我喜欢上游泳了。夏天一到，我就和小表哥约好去游泳了。

也不知道是不是外婆知道我在为家里节省水了，游泳装备她给我买了一全套。泳衣、泳帽、潜水镜、泳圈、浮板一样也不少，不知不觉我的游泳技能就越来越好了，泳圈可以不要了，浮板可以丢掉了，最后就可以看到一条小鱼在水里游来游去了，那种从不会到自如的感觉很美妙。外婆后来老夸我：如鱼得水了！

眼看又是一个夏天来到了，"鱼儿"自然开始不安分了。看着小伙伴们拿着装备打算下海了，我在一旁急的干跺"脚"。

好吧，现在不让我游泳，那我就洗澡，节约用水不管了，洗发水几下没有了，时间再长你们在外面也忍着。最可怜的是竟然没人说我无理取闹！

现在我住校了，"鱼儿"被装进缸里了，该忍得的时候就得忍着，鲤鱼跃龙门了小心性命不保。其实我也就是想洗个澡，已经一星期了，没水就快"渴"死了。

于是，一号店的诱惑越来越大了，同学们嘻嘻哈哈进去啦，神清气爽、香味扑鼻的出来啦。于是，我上课想，下课想，吃饭想，睡觉想，做梦进澡堂啦，半夜吓醒了。

一号店的老板开口说话了："鱼儿"你可以进去了，"鱼儿"满心欢喜的冲进去了呀，一头扎进水里什么都不在乎了，什么单间还是公共间，一号店老板说能让你进就不错了。鱼儿便在水下哗哗哗地开"游"了，居然没人。

澡堂里的景象，"鱼儿"试想过好多次啦，光溜溜的好可怕呀，怎么可以这样暴露自己于众目睽睽之下，有人说什么大家都是女生嘛，有什么好可怕。"鱼儿"心想原始人才不穿衣服呢？于是想了个一举两得的做法，要不穿着泳衣洗澡吧，那样洗澡、游泳两不误啦！

　　后来"鱼儿"知道了，游泳、洗澡本来两码事啦，穿着泳衣洗澡那是不可能的。

　　反正没人，公共大间也是一人间啦。"鱼儿"兴奋得不得了呀，嘻嘻哈哈跟水玩起来啦。那声音好大，几个人进来的脚步声完全都被掩盖了。

　　"啊……妈妈呀，好吓人啊！你们别进去啦！"一个女生尖叫吓跑了，另外几个还没来得及进呢！

　　"鱼儿"一下子不玩了，到处张望，以为怎么了，一下子看到自己了，怎么少了一只脚呢，鱼儿也跟着尖叫起来啦！

　　叫着叫着"鱼儿"就醒了，吵醒了同住的宿管老师，老师说你没事儿吧，"鱼儿"直摇头，说：一号店我真的不能去呀！

10月1日　不敢看　害怕看

我不喜欢逛街，不喜欢逛大街。

在最为繁华的尽头，总能看到几个流浪者在央求。

他们往往拖家带口，分布在地铁站、公交站、各个十字路口。

我害怕看到，大多数这样的人都能让我一瞬间从直观上，找到我们的相似。

他们暴露的残缺，是我极力躲避的现实，我总是努力将之裹得严严实实。

我会选择绕道，哪怕前面是一座山。

有人说，人之间对于不幸裸露往往会引发怜悯；有时也会引发他人对自己幸免于此不幸的庆幸意识；而最糟糕的是，引发了人们为掩饰目睹此不幸而来的难堪，而将之草草打发走的冷漠。

我无疑是最糟糕的一种，只是选择被动避开不是主动将之草草地打发走。

试想一下，如果我很高尚，选择的是第一种，一个残缺的人对着另一个残缺人施以怜悯，他们看着我本是一个瘦子，还要打肿脸充胖子，会不会感动得将饭盆里为数不多钢板儿倒给我，据说他们比我富有得多。如果他们觉得我足够正常，和来往的人没什么两样，那我真的会很乐意出现，不过我会劝他们裹起伤口赶紧回家，我想他们非但不会听我的，还会以为我在和他们抢生意，拉拉扯扯，路人定会觉得可笑至极。雪上加霜、强人所难，我都不曾涉猎，更不愿尝试。

如果我选择第二种，根本不可能，因为不幸本身就不存在"更"这一说。

成为了最糟糕的人，毕竟不是什么光荣之事，我会继续将自己裹严实，以防出现更多糟糕的人，作为弥补。

10 月 5 日　校长，要不咱们谈谈

"太过分了，公共场合，怎么能那样，真是恶心死我了。"A 同学说道。

"你可以不看嘛，每次都这么大反映，又不是第一次见，连点抗呕能力都没有。"B 同学接着说道。

我和两位好朋友去食堂吃饭的路上，刚遇到两个高年级的同学走过，一男一女，勾肩搭背。

"他们伤害了我的眼睛。"其实我好想说，但 B 同学都那样说 A 同学了，我还是忍住了，像是怕 B 同学惊讶我没见过"市面"。

事实上，我真的没怎么见过"市面"，我以前在北京十五中时，那里的学校很小，初中部和高中部都是分开的，然后初中部还分不同的校区，学校里的同学也不多。

我第一天来科一上课时，也是中午下课买饭，走出教室，整个校园黑压压一片，男生偏多，高的矮的胖的瘦的一股一股人流。我望而生怯，直到"洪流"渐渐退却。其实也不难理解，听说大多数中学都是这样，初中部和高中部合在一起。

我当时以为这样不好，难免看到一个初一的小男生被高中部的某个男生在抢饭途中挂倒，如果小男生不依不饶也不好，委屈忍气更不好。

现在看来这样真的不好，男女生勾肩搭背，伤害我们这些小同学

的眼睛，如果单是伤害眼睛那还说明我们抵抗力好，要是遇上喜欢效仿的小同学了，那才是真的不好。

有同学说，这还真不是单把初中、高中分开就能解决的问题。

接着又给出了一个理由说："每个中学都是这样，每个学校都有老师在监督、管教。"

这个理由好，回答了学校知道这样的情况普遍存在，还不将初中、高中分开的原因。毕竟有人管教要比初中部、高中部分开"花费"小，老师管教也是本职工作范围内的事情。

可是这还是不能回答我所问的问题啊，为什么不把初中和高中分开呢？其实把男生和女生分开也可以？

呃……校长，要不咱们谈谈吧？

10 月 14 日　含羞草

含羞草，样子不太好看，矮矮的一株，不高，身上还长满了刺。旁边的玫瑰经常鄙视它："丑八怪，居然也学我！快去把你身上的刺拔了，别人看见了，还以为我们是亲戚。"

含羞草，出生在百花丛中，还未满月，就遭所有的花鄙视了一遍，连它自己都觉得不伦不类：长在花中不像花，叫草又不是草。

一日，花园的主人来了。扒开娇滴滴的玫瑰，推开俏丽牡丹。突然发现前些日子种的含羞草居然长出来了，高兴地俯下身来静静地观察，细细的根茎，散开的叶片脉络清晰。主人伸手轻轻一碰，含羞草便低下了头，缩起了身子。主人拿出自己带的小铲子开始轻轻地挖，小心翼翼地唯恐把根茎挖断了，含羞草慢慢放松，恢复了自己的体态。它觉得自己马上就要解放了，主人早发现它，把它早踢出去才好呢！天天听花园里的"娇小姐"们斗嘴实在无聊，自己也被它们数落够了，主人来把它锄掉这反倒好，出去混了，倒是带着一身坚强。

主人把含羞草装进了一个白色花盆里，"娇小姐"们都探着头望，含羞草突然受宠若惊了，又低头把自己锁起来了。主人端着花盆准备离开，走时被一株玫瑰的刺给勾住了，玫瑰这下真实羡慕了，敢跟主人"动手"了。主人索性把那根带刺的枝撇断了，玫瑰痛的"直跳"，主人已经走远了。

含羞草又把"锁"打开了，它想一觉醒来应该来到新的世界了，它以为会跟花园外的那群小草们为伍，不管怎么说草们应该比那帮花们好相处了，可又害怕不是。含羞草再没见过其他的世界了，它不敢睁开眼睛。

主人把它端进了屋，突然像是下雨了，睡眼惺忪，它只好睁开了眼，哇，好美啊！这是个什么世界啊！含羞草从来不知道还有这样的世界存在。主人拿着喷壶，又给它浇了些水。把它放到了靠窗的书桌上，含羞草说："刚洗了澡，现在又沐浴阳光！怎么对我这么好呀！原来阳光洒在身上这么暖和，难怪玫瑰、牡丹、芍药都能长得那么艳丽。"含羞草仿佛觉得此刻自己已经开始长了！

哈哈哈，含羞草的主人就是我啦！含羞草是一种特别好玩的植物，不信你也种种吧！

10 月 16 日　茶鸡蛋

　　每晚下自习，总是觉得饥肠辘辘，急急忙忙拽着好朋友一起冲向学校里唯一的商店。我不爱吃零食，饿了最想吃的就是饭，就是咸的的那种。

　　好朋友们通常都买面包、薯片、脆脆面，我却唯独钟情于茶鸡蛋。

　　下课后学生较多，扎堆冲向商店。别的地方都很挤，唯独小火炉上煮着的茶鸡蛋，没人看管。我每次都能早早的拿到，可是要排很长的队付款。于是我和商店老板商量，一次把一星期的茶鸡蛋钱都付完，每天只管拿蛋，老板爽快地答应了。

　　我吃过很多种茶叶蛋，留下印象的有仨，学校老板家的茶鸡蛋，台湾日月潭上的阿嬷茶鸡蛋，我家外婆自制的茶鸡蛋，它们里面都放了同一种香料让我着迷。

　　两年前去台湾的时候，在日月潭上，买了一次茶鸡蛋，味道相当独特，竟然和外婆做的茶鸡蛋味道如此相似。日月潭，本不让小商贩进入，卖茶鸡蛋的阿嬷告诉我说，她 16 岁开始就在日月潭这个小岛上卖茶鸡蛋了，阿嬷现在已经 80 多岁了，因为生意好，曾经还被税务机关清走，可是阿嬷就是不走，阿嬷家说他们家的几代人都在这里卖茶鸡蛋，被清走她的生命就失去了意义，阿嬷的坚持最终感动大家。

　　外婆曾经也经常在家做茶鸡蛋，看上去工序颇多，但也不麻烦，卤水可以反复用，茶叶只需最一般的即可。先把鸡蛋丢进放有茶叶、八角、大香等十三香的沸水里煮五分钟，然后再放进卤水里煮上五分钟，将鸡蛋捞出来，轻轻地敲上一下，可以看到一个裂口就可以，再放入混有茶叶、十三香的已冷却的汤料中，用微火保持一定的热度就可以了。那会儿她每次做饭、做好吃的我都会把着门缝在一旁偷看，外婆发现了总说："又不是什么祖传秘方，干嘛躲起来看。"我那时只是担心外婆说我没出息，既然喜欢做饭当厨子，既然她没有这样的想法，我就可以光明正大的走进去看，那会儿学了不少。

现在想想外婆教我那么多烹饪手艺，看来早有预料，在为数不多的职业里选择中，卖茶鸡蛋能保我不饿。

学校商店老板家的茶鸡蛋，不知是不是阿嬷在内地开的连锁，味道居然那么的相似。阿嬷不知道是不是外婆失散的姐姐，不然怎么让我在味道里品出了思念。

很简单，吃得是茶鸡蛋，恋的是味道。

10 月 23 日　体罚

望着窗外操场上，有个老师背着手，前面站着三个同学低着头。老师指指点点，腮帮子跟着在动，离得太远不可能听到，但看上去慷慨激昂，三个同学频频点头。

伸出头同看的同学说：这是惯犯常有的遭遇！大概 5 分钟后，老师走了，三个同学背着手在操场上做下蹲跳。

好奇的我们也自然没趣的扭过了头，老师刚好从办公室里抱来一堆卷子。

"同学们，咱们现在开始考试！"老师说完开始埋头数卷。

"好戏"刚看完，又一场"好戏"上场，同学们连声哀叹，仿佛考试的痛苦盖过操场几位的体罚，下笔之前，还不忘往窗外再看上几眼。

考试再难熬，它也会准时结束。交完试卷，我往窗外回望，那三位同学居然还在，只是改换了姿势，站在原地不动，像是等候老师最后的发落。

看到这里，班里一位男生发出了感叹："看来这次教务主任来真的了，这仨哥们儿这次完了吧，夜路走多了哪能不湿脚！"再一打听才知道，原来操场上的三位，经常翻墙出校通宵网游。

我一开始还觉得老师是不是罚得过了，听同学说明了情况后对三位的遭遇的同情消失的无影无踪。

　　回想起，小学时我们班里的一位同学，一个男生。那时我们刚小学一年级，班里的同学绝大多数都是北川县城里的，也有两位是周边的山上的。我们每天 8 点 5 分准时上课，刚开学的几天我们一个个小同学每天早准时到校，没有一个迟到。对学习都充满了好奇，满满的兴趣，记得第一天上学，我头一天晚上就激动得睡不着觉。

　　一段时间过去了，班里有个同学老是迟到，一次、两次、三次，老师问他为什么迟到，他每次都说路上遇蛇了把他吓倒了，他就是每天要下山来上学的同学之一，还有一位小女生每天都和他经过同一条路，小女生自告奋勇的跟老师报告："老师，他骗人，我都没有看到。"我不知道那个小男生第一次是否真的是被蛇吓到，但是我知道，一直说被蛇吓到那绝对是骗人，包括冬天。他每次迟到被老师问道，一开口"蛇……"教室里的我们哈哈大笑，遇上语文老师也还好，也就是一个月叫一次家长。

　　数学老师听得耳朵都起茧了，她可不觉得这有什么好笑，索性都懒得问他为什么迟到，直接叫小同学伸出手来，抽出教鞭就往手掌打。我们的教鞭，应该算是特有的了，说起来都觉得搞笑，还是语文老师叫被打的这位从他们家竹林里挖来的，那种叫做竹根，横着长在地下，每株竹子都有，手指粗细一厘米一个节，活像缩小般的竹竿，打在手上，先是一阵火辣，再是刺痛，最后红肿。我曾经因为忘带作业也挨过一鞭，至今记忆犹新。小男生几乎天天"邂逅"教鞭，伴随着他阵阵的啼哭，我们也吓得不敢发出笑声。后来，那个小男生只要被打，就会间断式伤心抽泣一整天。他的座位在最后一排，我们上课经常都会听到从远处传来幽怨的哭声，越哭越伤心，声音也越来越大。我第一次听"男儿有泪不轻弹"就是语文老师用来安慰他的。

　　后来的四年里，这位男生的数学就一直没好过，60 分都很难。四年前，我也再听不到他幽怨的哭声了。现在想想，我后悔当时没有劝他，不要帮老师找教鞭。

同样的被罚，我却觉得后者我的小学男同学更可爱，我甚至觉得数学老师也应该尝尝被教鞭抽打的滋味，当然疼痛已经不重要，关系到的是如何保护一颗幼小的自尊心。好的老师，往往会把握度。因为他们知道，只有这样，才能避免对小有过失的孩子的处罚在不知不觉间过了头。

10 月 17 日　齐刘海

要换发型，是我想了很久很久的事了。

我从小就留着长发，自打有记忆以来最多也就是把发梢剪短，然后保持一定的长度。外公、外婆都说女孩子就应该有女孩子的样子，留长发是女生的又一标识。

后来开始学习舞蹈，长头发也是一个要素。

所以，长头发就一直跟着我从幼儿园到小学，从小学到中学，再到现在。

期间 2008 年，在我人生遭遇最大劫难（我想以后应该没有比这更大的劫难了，即便有那我也不会认为是人生的最大劫难了）的时候，我的长头发也差一点就离开我了，但是后来被成功挽救了，每次想到这里我都非常感激我的姐姐和西安唐都医院的护士李玉梅阿姨，是她们为我在那段最痛苦的岁月里，留下了长发这一仅有的美丽。

从那之后，长发跟着我的决心就越来越重。

如今，大伙儿一听，我要变发型了，都会特别惊吓，他们都以为我所说的变发型是把头发剪短了。

其实，我只是想留个门帘，剪出个齐刘海。我从来没有流过刘海，跳舞的时候把头发都搂起来了，越利索越光溜越好，根本不让留。我脑门特大，时间久了，自己对着镜子里看时，会觉得不好看。其实也不知道到底是不是不好看，妈妈、姐姐都说那样好看。我呢，总想给自己找点新鲜感。要改变我十几年如一的发型（其实也就是剪个齐刘海）对我来讲也十分具有挑战，我先在家"试验"了好多次，我会把发梢搞成齐刘海的样子放到脑门前看看，自己觉得还不错。

于是，一天下午，在大家都不知道的情况下。我换了个新发型，让理发师给我剪了个齐刘海，大脑门一下子就被盖住了，理发师剪得很好，我非常满意。因为妈妈一般是不让我剪头发的，所以我只好先斩后奏了。

没想到，一点小小的变化，也能带给人心情极大的变化。一个简单的齐刘海，让我满意得走路都像是要飞起来，轻飘飘的。

我第一天晚上带着美好的心情睡着了。

第二天早上一醒来，发现我的齐刘海就像是淘气的孩子，一点也不规矩了，东倒西歪。

瞧，我的"齐刘海"

一心想着换个发型，剪个齐刘海。从没想过这个发型有没有什么不好的地方，这个发型对于一个中学生来讲方不方便。

醒来后的齐刘海也不整齐了，也不均匀了，中间裂开个大口，有一撮翘起来像是要飞上天。

洗头，唯一能够把睡变形的齐刘海找回来的办法就是洗头。洗完头，头发干了以后齐刘海恢复到了刚剪完时候八成的模样，再用吹风吹一下，那九成就恢复了。

于是我一星期里面，每天早上起来的第一件事情就是洗头，不洗头刘海难看死了，都不敢去上课见同学。我的头发比较爱出油，周末在家一天没有洗，齐刘海居然还可以变成一撮一撮的，油腻腻的，看上去真是又难看又邋遢，突然开始有点讨厌自己的新发型了。

两星期过去了，我已经把每天洗头改成每天洗刘海了，省时多了。

好不容易习惯了每天早上少睡一会儿，留出个洗刘海的时间。新的问题又出现了，刘海长长了，遮住我的视线了。这对于一个近视眼且天天对着黑板的中学生来讲，上课是会很难受的。

我开始有些后悔改变发型了，与以前相比，现在太不方便了。可是我也不能马上把头发变回到没有刘海的样子，想让它长得和我其他头发一样长至少也需要4年的时间呢。所以说，剪个简单的齐刘海对我来说都需要深思熟虑啊，可我剪之前压根就没有想。

这样的不方便，也不好意思跟妈妈讲，一开始她就不赞成我剪成这个发型，现在我要是告诉她不是自讨没趣，让人嘲笑嘛。

不过现在，我想到了一个办法，就是把刘海反梳回来，然后拿个发卡把它给别住。管它好不好看了，现在看来，还是方便对我来说更重要呀！

亲爱的同学们啊，爱臭美的心啊，我们每个人应该都有。但是换发型前千万要有多一些思考，一定要判断到底你以好看为主呢还是以方便为主啊！

10 月 24 日

　　对于过去我们总是无能为力的。有人说，那我们就选择性失忆吧，把那些不开心的都忘记吧。可是选择性失忆是个技术活，不幸我最擅长一选就错。

　　有些回忆就像插在身上的一根刺，想得浅了会痒痒的，想得太深又痛得我想连根拔起，昏死过去了得。

10月31日　同学，没事儿别乱瞟

终于换我坐第一排啦，稀里哗啦挪动椅子高兴死我了。

终于脱离老师的视野了，讲台太高，老师对第一排的同学就无法"关照"了。

我以前的座位在中间，哪里有动静，360度旋转无死角，总是能够一览众山小，这下没有那么容易啦。不过走神倒是方便啦，一不小心灵魂就飞出教室啦！

我在讲台的右下角，不偏不倚、端端正正对准了投影仪。一个不小心发现投影仪上面的小镜子打开啦，镜头对准了班里的最后一排啊。

心想这个镜子还挺好，以后想看谁，只需下课轻轻一调。对着镜子，我悄悄偷笑！

哎呀，太可怕了，镜子里面居然有个男同学跟我挥手打招呼了，忙得我赶紧收起了笑。

哎呀呀，原来我忘记啦，光路是可逆的呀！

11 月 1 日　一个物种的灭绝

生物老师说：一个蚊子物种的灭绝可能会导致人类的毁灭，你们说会吗？

11 月 2 日

一点信任，乌云立散变晴天。我们最大的缺点就是不信任。

12 月 6 日　戏

生活本乃一出戏
演员　看客　导演
要么装疯
要么卖傻
要么喊卡
好吧
你有追求
你境界高
你喊卡
事实呢
演员累了
要回家
看客饿了
要吃饭
唯有你抱着剧本
地上趴
什么时代
疯的自在
傻的得意
只有你入戏太深
无法自拔

11 月 7 日

　　我觉得有些苦难应该经历的早一点，因为每个人的生命都很有限，早一点把痛苦都尝过，早一点明白，我们接受快乐的日子就会多一点。因为我们永远也无法预知明天和下辈子哪个先出现。

11 月 8 日　悄悄话

坐在石阶上
旁边有两人
在说悄悄话
她们迅速磨掉了两颊的眼泪
降低了说话的分贝
转而窃窃私语了
动作好大
周围除了我
没有其他人啊

我不知道自己的落座
影响到了她们痛苦的表达
姑娘们啊
你们千万不要害怕
大声地讲吧
不用在意我哒
你们的嗓门再大
我也是听不到哒
我在我痛苦的世界里暂时出不来啦

11 月 11 日　昨夜梦里

昨夜梦里

我用枪结束了自己的生命

枪响的时候

我没有醒来

而是对自己躺着的尸体

看了一眼

看完了之后

我才从梦中醒来

梦说

孩子

想要改变自己

必须终止现有的自己

孤独是思考的开始

——李星手记

什么时候可以把写当成一种玩?

我的回答是,什么时候我都不会把写当成一种玩。首先,我不喜欢写,自然不会把写当成是在玩;其次,时间太有限,玩,实在是太奢侈。

月的书稿里我听到了她的回答:在孤独的时候可以把写当成一种玩。

自然也很好理解。首先孤独本身就特别无聊,无聊就是什么都没得玩,所以这时候写就成了最好玩的;其次孤独本身就蓄积着大把大把的时间,孤独的时候我们常常感觉度日如年,如果能把这些时间填满,那最好不过。写的时候一秒是一秒,一天是一天,一年是一年,不偏不倚,孤独者当然不会度日如年。

孤独创造了不少思考者,在众多思考者中,我最喜欢庄子,他孤独与天地精神往来,不与人来往,他从人群里面走出去,再回首人间的现象。他会思考:爬在烂泥里的乌龟比较快乐,还是被宰杀后供奉在黄金盒子里的乌龟快乐?

庄子说如果是他自己,他愿意做在烂泥里爬来爬去活泼的乌龟,因为那是他真正的自己,而不是用黄金装起来供奉在皇宫。别人觉得那意味着高贵,却与他无关,被供奉表示已经没有生命,已经不是活着的了。

我们不能说但凡孤独者，都是思考者。但是他们的确具备思考的条件，主观上，他们可以把思考当玩；客观上，他们有大把大把的时间。

而写的前提，那就是必须要有思考。月比不了庄子，她才刚刚拾起脚来往里迈，而庄子已经达到了走进去又走出来的境界。要么怎么能成为思想家。

但是我认为月宝贵的一点在于，她勇于打破孤独，敢走进去思考。而且找到了一种适合的方式——写。

人们常说懂得欣赏孤独的人才是真正幸福的人，事实上那早已不再是孤独，孤独早已被思考填满进而被吞噬掉了！

孤独很宝贵，大概就是这个意思吧！

所以说，月，从现在开始，我不能说你不幸福，也更不会同情你。

2012 年 5 月 10 日

"李星在校园

11 月 23 日　跑步

　　我喜欢跑步，现在这句话变成了我喜欢看跑步。不管怎样，我想要说的是我和跑步。

　　以前运动会的时候，有关跑步所有项目我都参加过，接力赛跑、50 米冲刺短跑、400 米长跑、800 米长跑，还拿过不少奖项。第一次是老师推荐我参加的，老师说因为我体形轻巧，不管是不是真的能跑、跑得快，看上去都是块跑步的好料。于是我就上了赛场，最开始一般都是接力赛跑，考验班级同学的团队合作能力，一个班大概会派 8 个种子选手上场，分男女两组分别进行。小学我们一年级四个班，每个班一个跑道，操场不是塑胶跑道，也不是很大，所以单程距离一般也就在四五十米，每一位同学跑一个来回，来回也就意味着中途会有一个拐弯的动作，那也是最容易出现小事故的地方，经常有班级本来一直遥遥领先，突然因为链条上的一个同学，在拐弯的时候冲劲过猛滑倒在地而与班级第一名擦身而过，还有就是在传棒的时候，两同学没配合好，因为捡棒而输掉时间。所以通常情况下，种子选手实力最强的那个班级未必能获得团体第一名。

　　那会儿我每次接过棒的时候，都是几乎闭着眼直往前冲，两只脚就像踩在了风火轮上，有种视死如归的感觉，因为那会儿你就是整个班的焦点，整个班的希望，以班主任为首班里每一个成员，嘴里都喊着你的名字，声音洪亮整齐，有的同学甚至手舞足蹈、挥衣跺脚吹口哨。别的班级啦啦队要是也关注你了，也喊你名字了，那都是叫你"漏油"而不是"加油"，所以心理素质不好、没点勇气的同学还真难hold 那场面。而我那时只要一接过棒眼里就只看到两个：拼命！好是痛快！

好久没有那种拼命的感觉了，我经常会出现一种幻觉，比如说某天一觉醒来，我会猛地坐起来，下床穿鞋，准备。

11月25日 致左腿（二）

我必须不能停止对你的爱
这已经超出了你的存在
我相信是你挥之不去的灵魂在作怪
你不爱我
还要自我伤害

对于爱着的人来说，
被爱者总是显得那么孤独
我有我对你的爱
而你却要选择离开
还说你想独吞这份孤独
你真的很坏
所以我不能停止对你的爱

11 月 26 日　你至少应该是一个人

"你至少应该是一个人吧！"我没有听过比这更悲哀的话了。

听上去已经超越了"你猪狗不如"！

我知道这个世界上有些人猪狗不如。

它们从来就在动物园里没有出来，并且恬不知耻地赖在那里，等着饲养员天天喂养。它们其实太缺乏勇气，但凡出来过的都知道，原来除了动物园还有另外一个世界，管它美不美丽，反正空气都比动物园新鲜。

你至少应该是一个人吧。就好像从动物园里逃了出来，但最后又选择了回去，所以比一直呆在动物园里的动物更可气，眼看马上就快升级成人了。

11月27日 独自流浪

既然是自己的选择，就不要说苦。

既然选择了远方，就不要害怕流浪。

11月28日　L同学和W老师

L同学，是班里有名的淘气包，在学校这块不大的领地里上天下地，窜来窜去。除了学习，他对什么都感兴趣，上课认真听讲，下课懒得做作业，老师似他为"反动"头号，他似老师为天敌。

但L同学不像传统淘气生那样悲催，因为他遇到青年女老师W。W老师教语文，在W老师眼里，L同学是个宝。L同学不完成作业，包括W老师布置的，W老师课上L照样找其他同学讲话。W老师说，L同学脸蛋长得肉嘟嘟的，招人喜爱，于是请L同学当语文课代表。有关语文方面的所有通知、所以消息，W老师都是第一时间告诉L同学，由L同学进行统一发布。W老师让L同学每天收语文作业，于是L同学每天第一个交作业；W老师让L同学管理语文课的上课纪律，于是L同学语文课上除了喊"安静"再没有多余的一句话；W老师每天对L同学微笑一下，L同学仿佛就能感受到语文带给他的美妙。

从此L同学不再一下课就往教室外跑，而是坐在座位上东张西望，生怕错过W老师的任何指令。

其他老师看到L同学每天格外认真的学习语文，对W老师格外尊敬友好，纷纷向W老师请教。

像W老师这样专喜欢淘气学生的老师的确很少，至少，我是第一次看到。哪个老师不喜欢好学生啊，大到班长、学习委员，小到课代表、小组长，不给他们当给谁当啊，于是所谓的好学生班委身上都好像挂有老师授予的免死金牌。即便是从不需要拿出来用，但只挂在身上，那亮光就会让其他同学感到刺眼，尤其是被那些冠以问题生的同学，常常还会被这种亮光灼伤。

我一直觉得老师喜欢好学生是人之常情，可是没必要把所有关注都投向好学生，因为好学生本来就很好、很听话。如果把同样的关注和友善投给我们所谓的淘气生，那么就会出现千千万万个 L 同学了，能够被老师关注、在乎，那么认真学习就是理所当然，他们来到学校感觉树都格外绿，天都格外蓝；想想看，如果学生都视老师为敌了，那么每天不是研究"战争策略"，还能干什么，等死？

所以我觉得把关注投给等死的同学要比投给天天努力活得更加好的同学迫切得多，有意义得多！既然问题的关键都找到了，那么接下来就只需要找到那么一个入口，就像在加油站给汽车加油，显然无法直接看到机油是如何进入发动机的，但谁都知道，往油箱里注入的汽油会沿着设置好的系统恰到好处地进入能使它发挥效用的地方。有时候无需去找到所有的直接答案，而只要好到一个进入系统的入口。

而 L 同学的变好，W 老师就恰好找准了这个入口。

11月30日　忧郁

不是我选择
情不自禁地陷入
上了贼船
在茫茫的大海上
看着船一点点离岸

放弃了挥手求救
放弃了在船上寻找同伴
放弃了纵身投向大海

岸上的人
积极地与你挥手
以为你在和他们道别
船上的人
以为他们能上船
是前世修来的福
此若
你选择纵身一跃
他们会以为

是美人鱼把你拖进了海里
一起舞蹈

只有你知道拖着鱼尾的美人
往往满嘴獠牙
所以你害怕
不敢

在贼船上看风景的人
不要觉得风光
不伦不类到了极点
没有纵身的勇气
还怪阳光太明媚

不愿进仓
站在甲板上

无奈成了习惯
习惯受宠
演变成了喜欢

于是不愿靠岸
沉醉于永远的航行

12 月 3 日 食堂"领地"

我很少去食堂，午饭基本上都是我那帮好友轮流负责。我有要求和她们一起去，可是她们每次都说："那地儿真不适合你呆，你就老老实实地等着我们回来。"

我坐在教室里，等着她们打饭回来，一帮好友们非常给力，为了不让我挨饿等太久，通常自己也端回教室里来和我一起吃。

今天，等了很久都没有等到她们回来，我就索性奔到了食堂，这是我第一次来到学校食堂，就是她们所谓的非我这样的人能呆的地儿。我费了些力气，使了些勇气，走了进去，因为已经过了午饭高峰，所以人群还不至于把我挤倒。

食堂里的每张餐桌上都有人，好不容易看到一对同学离开了，我夹着拐快速冲了过去。可是不太妙，我闯入了一片"领地"。

"嘿，瘸子，走开走开，快……""领地"里一个男生发出了这样的愤慨。不知道为什么，我顿时愣住了，站在原地不能动了，直到一个人突然从后面将我一把拉开。

"不是叫你在教室里呆着吗，干嘛出来呀，不是告诉过你了吗，食堂很危险。"

W 同学在批评我不听话。那一刻，她的样子颇像我妈，眼睛里充满了泪花，感觉就快要哭了。

"我不是去找你们吗，第一次去食堂也顺便溜溜了啦！"我不想看到她眼里泛着的泪流出来。

"那帮男生你千万不要理啊，他们每天都坐在那个位子，很固定的，电视机每天中午转播球赛，他们都是目不转睛盯着看的，我刚来学校时也不知道，从他们视线前穿过，总共也不到 5 秒，比你还惨呢，他们对着我大呼小叫，就差把手上的碗朝我砸过来了！"W 同学稳定了情绪，跟我讲述食堂电视机前球迷的霸道。

"呵呵，是吗，那我以后就绕道！"我不知道自己哪来的豁达，尽然这样脱口而出了。

"干嘛怕他们呀，等我跆拳道拿到了黑带，我领着你们天天从那经过，谁敢开口，我就打掉他的大牙！"Y 同学的话说得很是痛快！我们几个女生端着碗在教室里哈哈大笑！

亲，有你们真好！

12月5日　那条道上

在我经常路过的那条道，经常看到一个背影。不管夏天还是冬天，她都拿着一个簸箕和一把笤帚，沿着马路的边沿扫啊扫。一次她挡住了过往车辆的道，有个司机对着她摁了很长时间的喇叭，她都没理，埋着头撮起那一堆刚扫完的垃圾。

妈妈一把把她拉到人行道上来。后来她手舞足蹈、嘴里吱吱呜呜说了些什么，像是感谢！这时我才知道原来她是个聋哑人。

我一直在观察，观察她什么时候能够被人带走，带回到她的家，那样她离危险就远了。

我每次看她，都不希望能看到她。

今天是我第N次看见她，离得有些远，她是真的把自己交给命运了，一辆卡车急刹，我突然看不见她了。

我不希望再看到她，但绝不是以这样的方式，我吓得半死。

直到听到卡车司机头伸出窗户一顿漫骂"死老太婆子，你找死啊，大白天的跑到路上来害人……"我这才一下子从难以名状的痛苦中清醒过来。

我还能看见她。

于是我开始祈祷每天都能看到她。

不知道有没有人不想失去她，不知道有没有每天都想看到她。

她每天不知道要挨别人多少次骂。

尽管我们知道，骂人只暴露骂者，与被骂者无关，尤其是跟她无关，因为她根本就不能听到。

但是我们能够听到，听到了为什么又不管。

12 月 20 日　　登船旅行

　　如果有一天可以选择了，我想我会登上一艘大船，头也不回，飘泊在茫茫的海面。

　　有人说，作为陆地生物，人通常在陆地上才能感觉过着常人的生活，而船只驻足与流水并且远离大地。时间长了你会感到恐惧。

　　恐惧是探索、寻找的源泉。只有上了船，你才能发现你有多少种可能可以生还，你才会更加专心地去开发自己的潜力，你将可能看到一个全新的自己。

　　但是，在登船之前，你需要积累勇气，而勇气的最佳取得方式就是登船。所以无论如何，我也要登一次船。

12 月 23 日　暴晒

　　我认为自己还算是一个腼腆的人，尤其是在陌生人面前。

　　可是今天却把自己拿出去暴晒了，多少也需要些魄力和承受力。

　　我给自己找了个视角还算不错的地方坐下，整个观众席上就我一人，如果不是班主任边老师非要赶我出来晒太阳，我想我是永远也不会这样主动暴晒的。

　　我拄着拐踱着步，一个阶梯一个阶梯的往看台上爬，下面有同学在吼叫："月儿，你终于出来了！"我转身、回头有些困难，便没有回答，继续往上爬。掏出兜里准备好的纸巾，抹去看台座位上那一层又一层的厚灰，一看就知道很少有人来，我在想是不是还可以找到一个更好的地方，一个大家常去的地方坐下，比如下面的那个圈圈，离他们可能更近，体力不支持我这样奢侈的折腾。

　　于是我坐了下来，往前方一看，哇，圈圈里原来有这么多班都同时在上体育课，早知道这样，老师拽我我也不出来了，出来的时候大脑短路以为就我们一个班这节体育课。一块块正方形、长方形的方正，花花绿绿，在老师们的一声声哨声下，像一个个伞包慢慢散开，开始伸展筋骨、抖擞精神，开始做准备活动。熟悉的场景浮现，仿佛这一个画面就出现在昨天，我的手脚此刻不由自主地不安分起来，一阵冷风吹来，一丝寒意，我拉起了羽绒服的拉链，双手抱臂，不禁感叹：冬日里的阳光原来是个假象！

　　等我再次把注意力投向圈圈里的时候，同学们已经开始围着操场跑步，整齐的步伐，铿锵有力，一阵一阵，离我越来越近，我的心跳也开始扑通扑通加快频率，每一个班级都要路过看台，这对于我来讲是个不小的挑战，我甚至想抽身离开，还是算了吧，可能夹着拐偷跑溜走的场景远比坐着不动滑稽可笑，阶梯这么多，我甚至已经看到自己摔倒在地同学们哈哈大笑的样子。

　　我故作镇定，面对那一队又一队的班级，既然选择了留下，就要坚持到底！连我自己也觉得夸张，怎么一个简单的晒太阳就演变成了一场战斗。

　　事实上，我的预感是准确的。每一个队伍路过都齐刷刷的扭头，数人的目光投向我一个，那感觉就像首长检阅士兵。时不时队伍里还发出一两声口哨，各个年级的同学都有，应接不暇，还好因为离我还有一段距离，我涨得绯红的脸蛋想必他们也未必瞅见。我毕竟不是首长，也听不惯那略带挑逗的口哨。于是选择眺望远方，远处居然还有那么多同学在朝我挥手，貌似那是我们班的同学。跑完步自由活动一阵的时候，他们就飞快地冲向了看台，我们说说笑笑一起开始晒太阳。

　　想闭，这也不是一场什么可怕的战斗，不过是一场友好的见面会，我也不用摆阵端枪，只负责微笑就够了。

12 月 26 日　说说我的住校生活

对于住校生活，其实我并不是像自己每句斩钉截铁地话那样自信。只是，一想到，不要让我成为母亲每天忙碌的全部；一想到，不用每天穿流在学校离家的那段公路上；一想到，不再每天一回家就瘫坐在电脑旁；一想到，每天可以睡到离上课打铃半小时就醒；一想到，可以和宿舍的女生们一起上下，一起聊天，一起学习，我就格外来劲。

可是跟一开始预想的还是有些不一样，还是在女生宿舍的那栋白楼里，还是可以跟同学们一块儿上下，还是有几个女生室友，只不过她们都是宿管老师。

好吧，我被安排在了女生宿管老师的寝室里。

我的床被妈妈铺得比家里的都软，维尼熊的被子，米奇的枕头，米妮的靠背，那活泼的一角把严肃的宿管寝室一下子点亮了。

回到四川后，我一直有个担心，就是在北京时，那"辛苦"练来的普通话会不会几天就被打回原形，这个可不行，我还盼望长大做个主持人呢！呵呵，现在看来这个担心有点多余了，因为就连宿管老师的普通话都比我说得要好！

宿管老师的寝室变得活泼了，来往上下的同学，就变得好奇起来，每次路过都会伸长脖子往里看，一开始颇让我觉得不习惯，总是没事儿就呆在教室里，要不就跟同学坐在凉亭里。后来中午想睡觉，实在hold 不住了，我就还是回到宿舍。偶尔还是有同学往里望，还有些值班的老师每天询问自己班里学生的宿舍情况也会在宿管老师的寝室逗留，不时也往我那一角瞅。我怪动作特别多，拿出我的非主流眼镜，大大的镜框，把辫子梳的格外光，再配合我那一只脚，稍微摆一下pose，老远看就活像一个外星人了，哈哈哈，吓跑了不少同学和老师。

后来，我就安全了。

一日，宿管老师躺在床上和我聊天，

宿管老师每天轮流值班，我每天都和她们轮流朝夕相处，考虑到我上下楼比较不方便，宿舍离食堂、商店又比较远，我妈妈每星期都会给我储备充足的干粮、水果、零食。走的时候从不忘叮嘱："这个一定要分给宿管老师吃，这个是给宿管老师准备的，这个……宿管老师对你那么好！"仿佛她不在我身边宿管老师就变成了我亲娘。

每次我给宿管老师拿东西吃，宿管老师都会说："我怎么能和你抢东西吃呢，你自己留着吃吧，老师不吃！"然后我都会硬塞给她们说："没事儿，我有的吃。"殊不知那还真不是和我抢着吃，是我妈妈早就给她们备的份。

好吧，你肯定会说小小年纪竟然学会行贿，大人还传授"犯罪"经验，那还真是冤枉！

冬天四川特别冷，阴冷，潮湿。也不像北方冬天那样供给暖气。每晚睡觉，钻进被窝那都是个极难的过程，冰冷的床单，潮湿的被褥，我想经历过的人都应该有过灌热水袋取暖的经验。可是每晚当我以比正常人慢一倍的速度洗漱完，钻进被窝都能感觉到脚下那温热暖瓶带来的温暖，然后睡得格外香，我都不知道宿管老师是在什么时候放进去的。

近日，妈妈到学校里来给我送衣服，恰巧遇到宿管老师抱着我的被子拿出去晒，妈妈说当时她突然就被眼前的一幕感动得流泪。

有时候，说不上来为什么，就是想对一个人好！

说不上来为什么就包含了所有的理由！

12 月 29 日　楼下水果店

　　我家楼下有个水果店，对于我这个水果大王来讲，这比有个游乐场的福利都大。

　　最近的市场和超市都离我家好远。所以我妈每天不管是在哪里买菜，都不会像以往那样一并把水果也买回来了。

　　因为我家楼下就有水果店，可是也就只有一个水果店。他们店的水果非常新鲜，生意特别的好，老板招呼顾客也特别的热情！我妈每次都在他们家买水果，于是我们每次路过他们家店门口，他们都会和我们打招呼！最后还不忘加上一句：今天橙子不错明天葡萄不错什么的，我妈每次都会笑嘻嘻的回应一句：回来再买！

　　偶尔我也会和我妈一起去，站在一旁没什么事可干，我东张西望，突然发现一个有意思的地方，他们家把称水果的称都放在一个被隔板挡着的地方，露出看不到实质的一角，称完后，就告诉你几斤几两。我心想，大伙儿怎么买东西不看称呢？是因为这里就他们一家水果店吗？

　　回到家，没事干，我就把我妈刚买回来的水果放到体重计上称。结果果然不出我所料，每袋至少都有 300 克的"缩水"。这个试验后来被我陆续试了好几次，可谓屡试不爽。

　　今天，我又和妈妈一起光临水果店了。水果店的老板夫妇又送上了一贯的热情，我们也乐呵呵开始挑水果。一袋橙子，老板娴熟的接过装好的水果开始称秤，报秤：4 斤 4 两。这时，我从兜里掏出来一只自己准备好的勾秤，只见老板在看到我手里拿着的勾秤后瞬间色变，红脸变成了绿脸。我还是进行我的，不慌不忙地拾起他称过的一兜，挂在我的勾秤上，当时我妈也对我的举动显得格外惊讶。等秤上面对着的刻度停稳了以后，我大声地报了一遍：刚好 2000 克，4 斤。然后把刻度对着老板，让他也看了看。特别简单的计算，我大声地说道：相差 200 克，也就是 4 两。

当时的场面一阵安静，老板夫妇稍显尴尬，他们一贯的热情也瞬间冷却，我妈妈看着我表情有些为难，看上去像她和水果店的是一家，我没事儿找事儿了，看上去我妈回家肯定要骂我了。老板娘片刻安静之后，又乐呵呵地笑着说道："没事儿没事儿，可能是我们的秤出问题了，换一个试试。"貌似他们准备了很多秤，不过也还好，就我和我妈两个顾客。到底是生意人，看看老板娘够豁达，这下倒像是给我解围了。

我回家后，我妈没有骂我，但是她说我以后一个人的时候千万不要干这样的事儿，万一把别人惹急他们会打我的，想想看，我妈妈说的话还是有道理的，更何况我还这么弱。

骗子现在怎么这么强大了，弄得我们都不敢反抗了，想想我都觉得有些后怕，想想觉得我今天的行为都能够与英雄相媲美了。

1 月 5 日　最烂的选择

可以选择的时候就选择，尽量可以选择。有人说看到奋斗的希望可以真正地解救自杀，所以我们奋斗。那奋斗是不是可以解释为：多给自己提供几个选择，尽量让自己活着的时候有意思一些。最没意思、最烂的选择是：生与死，它根本就不需要用力，更别谈什么奋斗。

——赠那些有过自杀念头的人

1月11日　流鼻血

　　早上睁开眼，一股血腥味穿过喉咙，迅速窜往鼻孔。这时候最佳的动作，就是原封不动地躺着，然后开口大声呼唤：妈妈，给我拿点纸过来。每当这时，我妈都会以飞一般速度拿着一卷纸冲到我跟前，撕下一些揉成一个小团，塞进我的鼻子里，转身就去准备凉水和毛巾，动作可连贯了。

　　而我呢，这时候可千万不要动，轻微的转身都不可以，必须要保持平躺，否者枕头将会很难过，染上一块一块鲜红的鼻血，这是我流鼻血流到一定次数后得出的经验。一定要保持平躺着，虽然你的嘴里很难受，要一口一口的咽下那腥味中带着一丝咸味的鼻血。

　　我无比热爱自己的生命，热爱每一个器官，每一根筋骨，每一滴血液，所以我不想看到自己的血液一滴一滴与身体分离。等到感觉喉咙里卡着的血不太多了的时候，用纸或者棉花塞紧鼻子就可以坐起来了。然后妈妈就会往我的脑门上、后脖颈上拍凉水，还有往我的耳朵里吹气。等到这些工作都做足了，妈妈就可以坐下来观察鼻血是否有止住的趋势了。这套办法通常都是很有效的，既止血还不让血液流失，说不出有什么道理，就是对我挺管用。

　　记得以前我流鼻血时，有人问我疼不疼，是什么样的感觉，那会儿我才知道原来还有人没有流过鼻血。

　　流鼻血鼻子不疼，但是心会疼的！

我第一次流鼻血是在小学五年级的时候，一天下午放学回到家，洗完手，抬起头看镜子，发现自己流鼻血了，当场就吓得直叫，止都止不住，我以为我的血会这样流干，然后死去，直到来到医院。后来我妈妈回忆那天说，可能是因为那段时间我吃得太好，因为练习假肢走路，每天都会耗费大量的体力，妈妈每天都给熬鸡汤、炖排骨汤，还有海鲜类的一大锅的营养，一顿都不落下，所以有些鼻血是大补造成的。

　　流鼻血不会死人的。

　　大补的后遗症也太强烈了，从此以后我就走上流鼻血的不归路。

1 月 14 日　失眠

（一）

又睡不着觉了，讨厌的鬼片，真不知道是谁最先想到拍鬼片的。他怎么那么大胆，其实他是否真的大胆我也不知道，有人说他根本就不需要很大胆，没有人比他更清楚鬼片有多么的假了！可他还是一次又一次的把我骗过了。

鬼片对于一些胆小的人来讲总是充满了诱惑。比如我，想看又不敢看，尤其是一个人无聊的时候，实在经不起诱惑了，我还是会看。

小时候，我会邀请外婆和我一起看，外婆喜欢看电视，外公不怎么喜欢。吃完饭外公喜欢出去散步，我就邀请外婆和我一起看，如果她说不想看，我一个人也不敢看。准备要开始放了，我会先从房间里抱一床毛巾被出来，把自己裹在里面，我在沙发的角落里，手里还拿着遥控器，方便随时暂停、控制音量。遇到特别恐怖的镜头了，我还会哇哇哇的从沙发的角落里跳起来，钻到外婆的怀里，那时自己好小，外婆搂着我像个婴儿，拍拍我的背笑着说：我要是你呀，就不看了，这么胆小还喜欢看鬼片！

我已经很长时间没有看过鬼片，至少也有四年了。今天鬼使神差了，看了一部鬼片，不知道是现在的鬼片拍得不如从前了呢，还是长大些的自己比以前胆大了？我竟然一个人对着电脑把一部鬼片看完了，当然有些镜头是拿鼠标拖过的。

看吧，后遗症又开始了，晚上睡不着觉了吧。洗脸的时候就开始害怕了，水拍在脸上的时候都不敢闭眼，总觉得闭眼再次睁开后，镜子里会多出一个"人"的脸，管它是不是幻影，那毛巾擦擦脸就算了。睡觉的时候一定要把自己捂严实，连脚丫都不要漏出来，万一被谁咬掉了怎么办，半夜最好不要起来，想尿尿了最好憋着，因为一泡尿丢了小命那就不划算了！

还好我没有想尿尿，却睡不着觉。

（二）

那是我还很小的时候。外公的老妈妈，我的老祖祖来外公家做客了。老祖祖可喜欢我了，因为我可听她的话了。只要有好吃的、好玩的，她都第一个想到我。老祖祖年岁已高，头发已经全白了。她常年都戴着帽子，头发很长但是扎起来挽成发髻套在帽子里就收拾起来了，她说：人老了，光是看着就很邋遢了，所以还是要把自己收拾利索了。她的儿女们，我的爷爷姑婆们也都老了；她的儿女的儿女们，我的妈妈、舅舅们也都很忙了；她说：只好使唤她的儿女的儿女的儿女们咯。

看我闲着玩的时候，老祖祖就会把我叫到她跟前去，叫我挨着她坐下，然后，她从兜里掏呀掏，一会儿捋出几张一块的票子，往跟前的桌子上一摊，说："给老祖祖梳头吧，梳完了桌子上的钱就归你了！"那些钱都好新，老祖祖喜欢新钱，只要售货员给她找旧钱了，她就会要求换，她觉得人老了容易上当受骗，旧钱就跟假钱似的，别人都不会喜欢。桌子上的钱实实在在，拿着就能买糖吃了，我当然乐意干了，生怕老祖祖把"生意"交给别人干！我轻轻地给老祖祖揭开帽子，头发颜色跟我的完全相反，白的里面找不出一根黑的。

老祖祖平时不怎么敢洗头，怕是一感冒了就好不了。揭开帽子有些头油的味道，但是看上去不脏，从中间梳开，白白的头皮就露出来了。我边梳老祖祖边说："月儿梳头就是梳得光生，全部都能梳起来了，不遗漏一根，管的时间长！"这不是夸我手艺不错吗，我听得高兴了便更加认真了。

梳完头，我就又轻轻地把帽子给老祖祖带上了，准备拿桌子上的钱去买糖了。

"嗯？怎么少了两张！老祖祖你耍赖！"我觉得自己上当受骗了。

"你再帮老祖祖剪一下脚趾甲吧！剪完我就给你啦！"原来在我梳头时老祖祖又想起了剪脚指甲，从桌子上抽了两张钱回去。老祖祖把抽走的两块钱又拿了出来，在我面前晃了晃，赶紧又揣回口袋里了。

"那好吧，下次您可不许这样耍赖咯！"我的工钱其实是逐次递增的，第一次时，老祖祖说："梳一头一块，剪一只脚趾甲五毛。"升级到两块了，我怎么说也是赚了，当然还是得干了！

老祖祖可聪明了，她总是不提剪脚指甲还必须得给她洗脚，每次我都把给她洗脚当成"奖品"附赠给她了。

老祖祖的脚可小可小了，我第一次见到的时候，吓了一跳，她告诉我说：那是小时候，娘亲给她裹得！我问她：那疼不疼啊？她说：那时还小啊，痛不痛没什么感觉了。我怀疑是老祖祖记不起来了，把一张正常脚硬是给她裹起来弄成三寸金莲，不痛才怪呢！老祖祖笑着补充说：不裹脚，就嫁不出去啊！我觉得老祖祖小时候可没趣了，天天都想着嫁人。她还说：你要是在我们那个时候啊，恐怕现在就已经订婚了！我听着更是觉得别扭、脸红，不好意思了，老祖祖那会儿是个什么社会，怎么尽欺负女孩子呀！

我去给她打洗脚水会稍微把水兑得热些，老祖祖说她喜欢烫一点，她说那样舒服些。我觉得那是因为她老了皮厚，感觉不灵敏了。我把她的三寸金莲放在盆里，她的脚像座拱桥，脚掌中间是个空巢，脚背凸起来好高，我喜欢揉她脚掌前后的两块肉肉，觉得在水里摸着可舒服了。老祖祖的脚趾甲可厚可厚了，要在热水里泡好久才能剪得掉的。我那两块钱挣得可不容易了，使劲掰剪子，有时手指都会红的。

老祖祖每次享受完一全套护理，都会说：这个曾孙女儿最乖！我没看错人啊！

（三）

听说我还是婴儿的时候，有一次发高烧两天都没退下来，按妈妈的话来说：差点烧死啦！

幸亏老祖祖来了，她在我家门前放了个凳子，让我妈妈准备了一碗清水和三根筷子。当时外婆也在，说是老祖祖对着天，嘴里一边不停地念，手里一边用清水淋湿筷子，没过一会儿筷子就立起来了。她转身赶紧叫外婆准备些祭祀用品拜拜，外婆和老祖祖当时就烧纸祭祀了，用老祖祖的话来说，阴阳对话叫做：通白一下了。说是我出生后，爸爸、妈妈没有带着我去给祖老爷（外公去世的父亲）上香，祖老爷生气了，后来老祖祖和外婆一起烧纸的时候，老祖祖还说老祖爷老糊涂了，连自己的亲外孙女儿也不认得了！

神奇的是，吃了那么多退烧药都没效果的我，在老祖祖通白完后竟然退烧了。

我至今都觉得这件事情很神奇，也不知道，是不是外婆她们描述的太玄乎了！

（四）

老祖祖每次来外公家，都可喜欢我了，不仅因为我会给她梳头、剪指甲。她说我喜欢听她讲故事，她又喜欢讲故事，跟我很投缘，她的故事很多就像是语音版的鬼片，我当然喜欢听了，也不需要听着恐怖的背景音乐，看着画面。而且不会太害怕，因为有些片段一听就很假，我有的时候还会哈哈大笑起来，她把悬疑片讲成了笑话，但是有一天晚上是真的把我吓得冒冷汗了。

我跟老祖祖一起睡，她说她晚上给我唱歌听，我很好奇老祖祖唱歌会不会好听，我从来没听过。老祖祖是个守信的人，她果然唱歌给我听了。天啦，那哪是唱歌啊，是在说歌，只有歌词没有旋律，老祖祖还觉得好听极了，她说那是她最喜欢的一首歌了。老祖祖对现代娱乐，可谓是不听不看、不闻不问。她唯一知道的就是《还珠格格》里的小燕子，因为房间里的灯上面印有个姑娘小燕子，她每次抬头后都会指着跟我说：小燕，小燕！也都不能喊全。

那天晚上，睡到半夜了，老祖祖大声说话把我吵醒了，房间里没有开灯，她在床上对着门吼叫：你给我滚远些啊，你全身插满了小旗子站在那里干什么啊！你给我出去，一会儿把我的曾外孙女儿吓到了！你赶快给我滚出去啊！

我醒后听到这番话，当时吓得冒冷汗，直往被窝深处钻。突然老祖祖叫我了：月儿啊，你快起来，快起来，去把灯打开。

我当时害怕得直哆嗦，在被窝里回答老祖祖：老祖祖你别吓我啊，你别让我去开灯啊，那样会害死我的。老祖祖不是说门口站了个"人"吗？我自然不敢去开灯了，别说开灯，你让我从被窝里把头露出来，我都不敢。

老祖祖叫了我半天，见我都没反映，就自己掀开被子，起来去开灯了。灯打开了，她说：我怕你还不走！讨厌的东西！

听到老祖祖这样讲了，灯也打开了、亮了。我就从被子里钻出来了，就快把我憋死了。

我望了望房间四周，什么痕迹也没有，倒是吓得睡不着觉了。老祖祖还没结束，她跑到厨房去挖了一碗米，往房间的各个角落里撒，撒着撒着全家人都被她给吵醒了！

那一夜，我就没有再睡着了。

我和老祖祖间的这些故事，足以让我今生好奇、难忘。

我的老祖祖，是在我上三年级的时候去世的。

我跟外婆赶上了给她送终，我跪在地上半天，膝盖红肿。那是我第一次亲身经历亲人离去，没有惊天动地，像风一样，悄无声息！

1月17日

　　世界那么大，我是那么的小，若把我丢进人群的海洋里，我想肯定连泡都不会冒一下。

1月16日　无厘头谈话——人之初

星问："在你看来人性本恶，还是本善啊？"

月答："人之初，性本善，课本上不都是这么说的吗！"

星曰："我是问你认为，不是课本上说！"

原来课本也有不可靠的时候，月想了许久曰："可不可以有个中间地带呀，比如说不恶不善？"

星曰："如果没有呢。"

月答："那人性本恶吧。"

星曰："说说为什么？"

月曰："你看刚出生的婴儿，一生下来就哭，对这个世界充满了敌意。"

星曰："也有可能是世界不美丽，把他/她们吓到了呀！"

月曰："可是他/她们看都没看，又怎么知道世界就不美丽！你看，等他/她们再长大一点的时候，看到每样东西都想要，还跟人抢，抢不到还哭，哭着嘴里还喊道'我的！'简直就是强盗。"

星笑了曰："强盗不会喊出来，那他/她们高兴了还会亲亲自己的爸爸、妈妈或者对他/她们好的人呢！"

月曰："那是恶人聪明的表现，他/她们如果不在必要的时候拉拢几个傻大个，怎么保证接下来的没完没了的索取，显然这是个低投入高回报的好方法。"

星曰："你知道圣母玛丽亚吗？就是在油画里手里总会抱着婴儿的那位？"

月曰："知道啊，那个婴儿好像是耶稣。"

星曰："耶稣应该是善良的吧！"

月曰："耶稣是神，不是人！"

说完后我俩哈哈大笑起来了。不是人，听上去像骂人。神和人的差别，就是本性善、恶的问题吗？我觉得也不是，我说人性本恶其实是想说，人也能变成神！主要想强调"变"字。

1月23日 大年三十

我们家乡过年，有年三十逛庙会的习俗，我已经很多年没有在年三十的晚上和家人逛庙会了，还记得外婆第一次带我去的时候，我好像还没开始上小学。

早上，妈妈说晚上我们去庙里的时候，我兴奋不已，因为今年过年我们要打破呆在家里看春晚，一起当大众评审，一起等电视里新年钟声敲响的那一刻这样的惯例了。

今年，我们要在寺庙里和大家一起撞响新年头钟。

我们出发了。

本以为这个时候，大家都会呆在家里。寒冬腊月的，外面多冷啊。的确，大多数人还是会选择在家里吃着年夜饭看春晚。

乐趣总是属于少数人的。

见不到人影的街道，偶尔会冒出两颗甩炮呼啸，树上挂满的彩灯一闪一闪地也跟着凑热闹，好像在说：闹景怎么也比不过楼里一个个家庭幸福的暗笑。

路过这样一个又一个的街道，临近寺庙的那条路上，渐渐热闹起来。颇有柳暗花明又一村的感觉。

圣水寺，好大一座庙山，漫山遍野，灯火通明，人声鼎沸，这种感觉经常出现在我的梦里。

我迫不及待地想上山，忘记了行头，妈妈递给我拐问我能坚持走上去吗？激动半天了，抢过拐，我就赶紧一个石阶一个石阶地往山上爬。浑身都是力气啊。庙里念经、敲木鱼的声音不知道为什么对我有这么大的吸引力，可能是总让我想起外婆吧！

我妈妈走在后面，她手里拿着香蜡钱纸。

庙里有各种不同的菩萨，我们最先拜的是文殊菩萨，相比财神庙那里，文殊菩萨这里人较少，而且家里我和我姐都在上学，所以妈妈自然会先带我来到这里了。

我们在山上一站又一站地跪拜，跟着大家一起为来年祈福，这种心情比呆在家里有意思多了。

最有意思的是在大殿里，看到有一群人，抱着好粗好大一只高香进来，引起了其他人的注意，可是紧接着又来了一群人，他们拿着的高香比第一群人的还要高还要大还要粗，我彻底大开眼界了。到底是年三十，平时就见不到这样的香。我看了看妈妈手里拿着的香，虽然小但是也是香，菩萨难道会因为你给她上的香短了、小了、细了，而少给你些恩惠！我想未必吧，也就是大伙儿自己图个吉利啦！

有钱的、没钱的菩萨都会一样疼的。

听完十二点的撞钟后，妈妈让我去摸了一下大吊钟，说来年学习做题的时候就会下笔如神了！哈哈哈，把我笑坏了。

2月2日　回忆姑娘C

　　姑娘C是个不折不扣的怪脾气清高女。30岁以前，和人说话五句之内，便让人坐立不安想离开，刁钻古怪，人身攻击没有底线，有人说要不是看她长得不难看早就扔她两巴掌。在我印象里，这个人浑身都是缺点，却有一大堆人天天围着她转，爸爸、妈妈、爷爷、奶奶、外公、外婆、七大姑八大姨。她对他们直呼其名、指手画脚、呼前唤后。翻脸比翻书还快，一个不称心，会让全家一顿饭都吃不好，那堆围着她转的人说就当她是在调侃。

　　姑娘C，长相颇受人喜爱，学识不浅，家庭条件不错，最主要的是还有一帮天天宠着她的亲友团。如果你只和她单独呆在一起五分钟，她不说话，你不开口，你会觉得这是个可以结交的朋友，那么你错了，时间太短是还没来得及感受到她的清高。

　　姑娘C25岁那年，亲友团帮忙张罗了一次相亲表演，告诉她，平日里的毛病都收起来，看人的时候不要眼神无光，眼珠停在眼角不动，能不说话的时候尽量不说，实在憋不住了也要少说。要时刻保持微笑，端茶倒水也要学着做到。最重要的是，不要一句话不对，转身就走……概括起来的话两个字：表演。

　　对方是个演员，姑娘C第一天竟然管住了自己的嘴，第二天居然可以给别人端茶倒水，第三天眼角上翘洋溢出一丝微笑……第N天姑娘C变了一个人，见谁都微笑。亲友团私下议论说看来坠入爱情里的人个个都是演员，姑娘 C 开始了一段美好的姻缘。

姑娘 C 是我姑姑，我第一次看到一个人可以在很短的时间里变成另一个人，不是变坏是变好，什么力量这么强大。

有人说，那是因为爱情。

2月5日　我就是一个偶然

　　每每需要选择做不了决定时，把手插进衣兜里都会摸到一枚硬币，轻轻那么一抛，结果就在慢慢抹开手的那一刻揭晓，这个方法的最佳之处在于不用为未知的犹豫浪费时间。

　　犹豫有时真的很碍事，电视里经常上演的，警察还在跟绑匪讲道理，绑匪就选择了结束人质的生命。殊不知在这场博弈中，警察忽略了人质和他们在选择的数量上并不对等，而且在谈判这种技能上绑匪从来就没训练过。把狗逼急了还会跳墙呢，更何况人。

　　当然犹豫的结果也不全都来源于落井下石，也有一些正面的呀，在彷徨中也能迎来更佳效果。可是不知道为什么，我总喜欢把这种迎来正面结果的可能交给一枚硬笔，而不是我自己。

　　有时候还真有些信不过我自己——这偶然的存在。

　　硬币比较客观，至少不会像我一样对自己过于偏袒。

　　其实每次在抛起硬币时，自己心里都会出现一个希望偏向的结果。当硬币的结果和自己心里期望的结果一致时，行动起来那就信心百倍。当硬币和自己心里期望的结果相反时，行动起来就得格外的小心翼翼。也就是说潜意识里我还是有点排斥偶然里暗存的不好结果，但是我认为这并不影响抛硬币做决定的公正性。

　　小时候曾有段时间，我天天发愁怀疑自己是从哪座桥下、哪个山洞里捡来的，不然为什么爸爸、妈妈不爱我，不跟我一起生活，为此外婆为了打消我的怀疑就告诉我了一个颇具戏剧性的事实。

外婆说我就是个偶然，爸爸、妈妈原本没有计划要我，因为工作的原因曾经去了一个非常偏远的山区，在那个山里遇上了暴雨塌方，通向家的唯一公路被山体滑坡覆盖，抢修公路通车已是在半年以后，于是他们就在山区里呆了半年。那时我姐姐6岁，跟着外公、外婆天天盼望爸爸、妈妈回来，没事儿就趴在窗户上看，望眼欲穿。结果等到了爸爸、妈妈，也等来了即将来到这个世界的妹妹，也就是我。我就是在山里医疗条件差的情况下，妈妈一不小心偶然怀上的。

原来我就是一个偶然！

可是想想谁又不是呢！曾经在一本书里有个作者说"常常遥想，如果是另一个男人和另一个女人，就绝对不会有今天的我；即使是这一个男人和这一个女人，如果换了一个时辰相爱，也不会有此刻的我；即使是这一个男人和这一个女人在这一个时辰，由于一篇小落叶或是清脆鸟啼的打搅，依然可能不会有如此的我……"

这些偶然都是我们无法决定的，但还有一种偶然可以以人的意志为转移的。按理说我都已经偶然的来到这个世界上了，那就可以踩着结实的土地活蹦乱跳、周游世界了。可是偶然的我又差点因为老天的一怒死掉了，在就快要死去的时候，我又被人救活了。人的意志胜过了天，这偶然显然达到一定的层次了。

看来我不仅是个偶然，还是个很大的偶然。既然生命都是个偶然，更不用说次之生死意外的选择了。

2月14日　同学聚会

　　我们吃完饭，已经晚上八点多了，我掏出兜里的电话，5 个未接全是妈妈来电。

　　车不是很好打，凭借我的体力，怎么也抢不过那一对对的情侣，今天是 2 月 14 日，我们班级聚会。同学们坚持先要把我送上车，2 月的冬天，感觉还是很冷，我们一群人站在饭店门口，聊得很 high，忽略了很冷，忘记了是在打车。

　　其实我和班里的同学一起学习相处了还不到一年，所以从某种程度来说，一群老同学聚会叫上我这个新同学，我非常感激。聚会其实班里的同学在还没放寒假就提出来了，只是因为过年不容易凑齐同学，所以我们几个同学老是定不下来到底在哪一天，眼看寒假就要过完了，结果一不小心定在了情人节这天。

　　半小时后，终于打到了一辆出租车。我赶忙上了车，生怕又窜出对情侣来，和同学挥手道别直到车拐进向另一个路口。

　　关于聚餐，我下午还没出门，我们家就进行了一番讨论，妈妈就坚持要做全程陪护。

　　我瞪大了眼睛看着妈妈问道："我们是同学聚餐，您去坐到那儿算是谁的同学啊？"我很费解。

　　"我跟你姐姐可以坐到一个离你们远点的地方，也在那吃饭。现在冬天天黑得早，你们晚上聚餐，多不安全啊！"妈妈执著地回答道。

"不至于吧，人家同学聚餐，我们俩去干什么呀！搞得像监视一样。那样他们吃饭得多别扭啊！她还有那么多同学呢！"还好有我姐在，这话从她嘴里出来要比我说出来效果好多了。

"您就坐在家里看电视吧，我把她送去，等她吃完了再去接回来就行了。"姐姐补充道。

这个办法听上去比较可行，在我姐的说服下，妈妈终于答应了。

"送我去就行，不用来接我，我打个车回来就行了，免得你来回折腾。"我对姐姐说。

"那不行，太危险了！"妈妈不同意。

"相信我吧，没问题的，就当是给我一次锻炼的机会吧……"嘴皮子都快给我磨破了，妈妈最后想了想同意了，条件是8点之前必须回家，上车前要看车牌号。

我坐上车，看看表已经八点半了。电话铃又响了。"怎么不接电话呀，我跟你姐马上就打算去找你了！"电话那头传来妈妈焦急的声音。

"已经在回来的路上了，刚打到车！"我回答道。

"报一下车牌号。"妈妈说。

"呀，刚上车太急忘看了，一会儿就到家了，放心吧没事儿的。"我告诉妈妈。

"川Bxxxxx"司机先生脱口而出，把我吓了一跳。貌似电话里面妈妈的声音太大，被司机听到了。

"呵呵，是你妈妈吧，这么晚了回家家里人不放心吧？"司机先生开口对我说。

我有些不好意思地回答道："是的。"

想想看，这还真是我第一次这么晚一个人独行。

已经过了出行高峰时段，一路都很顺畅，红绿灯也相当配合给力。

我在十几分钟后，顺利到家，下车掏钱时，司机才看到我挂着拐行动不便，我给他钱他也不要，还连忙帮我开车门，我坚持要给，一推一搡的，被等候在楼下的我妈看到了给吓坏了，赶紧跑了过来，明白了情况后，妈妈硬把钱塞给了司机，司机这时突然认出了我，说："你是李月吧，真没想到载的是你，希望以后还能载你！"

回到家，我们还在讨论：我以后是否可以独立外出了，因为这个世界看上去并不像听到的那么可怕。

这个话题太大，盖过了我手中还拿着的一枝玫瑰花！

2月18日　十分不礼貌

　　"你怎么戴着帽子上课啊，那样对老师十分不礼貌了！"这是妈妈今天接我回家时说的第一句话。

　　妈妈此话严重了，老师都没注意呢，老师可年轻了，思想才没那么老套呢。

　　饿了就吃饭、困了就睡觉、冷了就穿衣，再没比这更正常的事了。

　　"可是也得分分场合吧！"妈妈不依不饶，非得把我往犯罪分子那一类靠。

　　犯罪分子可不是我呀。

　　班里有个男生叫小淘，坐在最后一排靠墙角，有事儿没事儿，上课下课，总是喜欢和同学们开玩笑。

　　四川的冬天可冷了，没有暖气，就只能多穿些衣服了，手冻僵了，字都写不了。

　　小淘同学呢，大概是从北极来的鸟，抗动能力堪比爱斯基摩。

　　凭借靠着教室开关的优势，不知不觉就把冷气打开了。

　　埋头学习的同学们，没过一会儿就有反映了。转过头来，想都不用想，张开嘴对着小淘噼噼啪啪就开炮。

　　小淘倒好，嘴里直呼"热死我了，热死我了"！至此，他的玩笑进行到了高潮，全然不管飞机炸茅坑——引起公愤了，每天轰炸好几番。

　　你说我能怎么办，只好裹着围巾，顶起帽子。嘴里直呼：小淘，小淘，这样十分不礼貌！

2月19日　放风筝

　　二月就快过去了，天气日渐晴朗了，寒风散去。户外的人渐渐多起来了。开学时路过河堤，我看到岸边的草坪上，三五人一群，已经开始放风筝了。风筝飞得老高老高，就快钻进云里去了，好久没有看到这样的景象了，北国的三月应该还在飘雪吧，南国的上空已经飘风筝了！北京的春天很短暂，留给我最深刻的印象是刮大风。

　　我几乎快忘记春天的模样了，忘记春天里，可以春游、野炊、踏青、郊游、放风筝了。车窗外的景象，突然把我惊醒了，就像是冬眠后醒来了。眼睛跟不过车速，风筝就快看不到了，我歪着脑袋久久地望着车窗外。

　　春天。以前的春天很长，老师可爱带着到我们户外活动了。每年都会有一次放风筝，为了提高同学们的积极性，还设置了许多奖项，飞得最高奖、做得最精致奖、最佳合作奖等等一系列，老师要求风筝要是自己亲手做的。一张油纸往竹签绑好的骨架上一粘，就搞定了！远没有我们想象的那么简单，正真开始动手做了，我才知道，竹签的厚度、重量、骨架的构造，油纸的重量（油纸上有我们作得画）、粘合胶水的重量，油纸和骨架摆放的比例，这些都有严格的规定。我做的风筝每次都是看着很好，但每次都飞不高，老师说我，油纸上的画颜料涂太多了。可是我还是会涂很多，在我看来那些飞得高的风筝都不美的，看上去很美的风筝都飞不高的，我比较喜欢画画，我觉得好看很重要，所以就放弃让它飞得很高了。不过后来我也拿过做得最精致奖，这些奖项通常都会设置不只一个，所以得奖自然不难啦！

　　也有同学，不喜欢手工，不喜欢画画，他们会带着买的风筝一起放飞。但老师说买的风筝不能参赛，于是那些风筝飞得再高，同学们也觉得没什么可羡慕的！

　　突然，妈妈敲了一下我，说到学校了该下车了！

2月22日　"探监"

　　有没有人，也有这样的感觉，对于住校的同学来说，家长来学校送吃的，感觉就像"探监"。

　　对于这种感觉，我不是今天才有的。而且经验相当丰富，既当过探视者，又当过被探视者。

　　我姐刚上中学的时候，我和外婆就经常去"探监"。夏天天气比较长，我和外婆晚饭过后，经常会出去散会儿步。时间如果足够多的话，我就会向外婆提议：去看看我姐吧！虽说不太远，但如果走路的话，来回至少也得三个小时。我们每次去，外婆还得准备点水果、泡菜之类的好吃的。

　　他们学校比较严格，晚上探视者通常还要核实身份。而我和外婆每次到他们学校时天几乎都已经黑了。我们出发时，一般都会提前给姐姐发个短信，所以算着时间，她就会到大门口来等我们。通常是我们还没到，她就已经到了。

　　姐姐总是跟守大门的保安说："您就让她们进来吧，她们没有携带什么凶器！更不会有什么炸药！"

　　保安总是很为难地说："这是规定，你可以早点去开张条。"

　　外婆见姐姐说了也没什么用，就说："算了，我们不用进去了，我们就是散步来给她送些吃的。"

　　我本打算保安要是同意我们进去了，我就送他个桃，既然他不同意，那也就算了。

姐姐他们学校的大门，是一扇大铁门，有很多铁竖条的那种，中间的空隙只能塞进一个桃。于是我们就把一包东西打散，一样一样往里面递。通常还没递到一半，我们三人就笑翻了，我总会调侃：姐姐你犯的什么罪啊，"探监"这么难！

一次保安终于看不下去了，说："看你们一老一小的，应该也干不了什么，进去吧！不过得快点出来。"

那次我终于见到中学生宿舍了，她们刚搬了新宿舍，里面可宽敞了，比我们现在的宿舍都好，她们同学可热情了，见了外婆就叫：奶奶好！还给我拿糖。那晚我跟外婆说：真想赖在那里不走了！

我想住校，多少也是受了第一印象留下的影响。

今天妈妈也来我们学校"探监"了，拎着一大袋子东西来了，生怕我在学校饿到、冷到。

我们学校好进多了，学校保安早就把妈妈认熟了，再普通的人，跟着在这个学校最特殊一员的我，一起进出，也会被保安问起。

进出自由貌似已经成为了我给身边人带来的福利：方便。

妈妈拿出了一床新毛毯铺在我床上。

"被子两床已经足够了，您真的不用拿毛毯来了。"上次妈妈才送完被子来。

"你懂啥，毛毯铺在床单上晚上睡觉格外暖和，这样就不容冻着脚了，脚不暖和，一整晚都睡不好的！"

"天啦，你以为我是在坐牢呀！哪有那么痛苦呀！"不知道为什么，每次我受感动时，都特别不想把自己弄得那么惨。实际上也真没那么惨，可是家人总是会对我们无条件无限度的好！而我们，除了由着她们"任性"什么也做不了。

妈妈又把袋子里的衣服、水果、牛奶分门别类的帮我放好，说："你要是不想去食堂吃饭了，或者赶不上了，就吃些水果，喝些牛奶，千万不要让自己挨饿了！"

帮我整理完，妈妈跟宿管老师说了会儿话，打算要走了。

我把她送到宿舍门口，她就要求我止步了。

渐渐地看不到妈妈的背影了，我转身，竟然哭了。

2月25日 小姑娘"走失了"

星期六的早上。

妈妈说："你可以去河堤看放风筝了！"

我坐在石梯上，望着天上的风筝。色彩艳丽，体态轻盈，在空中飞舞、摇摆，像蜈蚣、像大雁、像蝴蝶、像鲤鱼、像毛毛虫、最牛气的像一条龙。

一时间，水里游的、地上爬的、树上歇的全都飞上了天。和蔚蓝色的背景连成一片，远近高低浮动，活像一件花衬衫。

突然耳畔传来一阵啼哭，我的目光离开了花衬衫，向声音传来的方向投去。不远处一个小姑娘正站在那里哭泣，看上去大概三四岁，像是走失了，找不到爸爸、妈妈了。

我抽出身子正要去拿放在一旁的拐，突然看到几个人凑到了小姑娘身边。我还是走了过去，只是在一旁看。

"你跟爸爸、妈妈走丢了吗？"一个大姐姐问她。

小姑娘边哭边点头。

"知道爸爸、妈妈的电话号码吗？你家住哪里呀？"大姐姐又问她。

小姑娘不知道爸爸、妈妈的电话号码，但告诉大姐姐她家住哪儿。

"还真巧，跟我家也很近，你在这里等等吧，我去把风筝收拾一下，我送你回家。"说完大姐姐跑去收拾自己放在一处的包了。

大伙觉得看到这里也该散了，大姐姐也不像什么坏人，把小姑娘送回家大伙也就放心了！

我也打算离去了。突然，一个男的出现了，很快跑到了小姑娘身边，拉起小姑娘就走。

这样一幕，仿佛只在电视上出现过，今天算是让我大开眼界了。我本能的夹着拐冲了过去，光天化日之下，人贩子居然如此猖獗。

我还没走近，男的居然停了下来，对小姑娘指指点点说："秋千那里人那么多，你还非得要坐……不哭了，不哭了，咱们买糖去。"我猜八成刚才小姑娘把大伙儿骗了。

这时大姐姐飞奔了过来，比我还要快。

"喂喂喂，你干什么呀，大白天的还敢抢孩子吗?"大姐姐对那个男的吼道！这时，路过的人又围了过来。

"我是他爸爸……"男的开口说话，我算是猜对了。

"你真是她爸爸?"大姐姐说完，瞟了一眼小姑娘。

小姑娘没有哭了，点点头。

"哎，孩子，我还真以为你走失了呢，既然你找到爸爸了，那姐姐就走了，下次注意啊!"姐姐说完转身离去了，大伙儿也跟着散去了。

"谢谢你啊!"男的感谢道！

"你不是知道爸爸在哪吗？干嘛要跟别人说你走失了?"男的匪夷所思地问女儿。

小姑娘，呵呵呵地笑了。

她也说不出来个理由，大概觉得很好玩吧！

可是，把大伙儿吓坏了！

2月28日　不要试着在人身上找规律哦

"你怎么能把钱借给他呢？" T 同学拿钱走后，K 同学马上跑了过来对我说道。

"怎么不可以呢？"我反问道。

"他可是从来不还的。" K 同学颇有经验地告诉我。说完，K 同学向着 T 同学离开的方向望去，貌似是在告诉我，T 同学还没走远，钱也还没花掉，我应该马上把钱追回来。

"那能怎么办，他两只脚，我怎么能追得上，算了吧。"再怎么 K 同学也是一片好心，我就随她心意，顺着叹息！

"看你是新来的，他才敢开口向你借，换作我们谁也不借给他！" K 同学好像为此出了"大血"，对 T 同学的做法相当鄙视。旁边的债主们个个点头，貌似是在"欢迎"我加入 T 同学债权人的队伍！

借钱是一件可耻的事吗？借钱不可耻，可是借钱不还，那肯定就会遭人鄙视了！尤其是遇到债主也不富裕的。

我不富裕，可是我一点也不鄙视 T 同学，K 同学就是在 T 同学借钱之前告诉我这些，我也照样会借给他。

一天过去了，两天过去了，三天过去，一星期过去了，T 同学果然没还钱给我。

"这下你相信了吧！"他的债主们纷纷向我"道贺"。

有个奇怪的现象，按理说 K 同学欠我的钱，应该每次见到我都躲我才对呀。可是这一星期里，他每天都会跟我说话，一起讨论怎么做题，跟借钱前没有什么两样。

又一星期过去了。

"你怎么不闲我烦呢，我每天都来打扰你学习！" T 同学说话时表情十分真诚。

"没觉得你烦啊！" T 同学对我的回答感到不可思议，挠了挠头走了。

第二天一早，T 同学就来到学校，拿着钱对我微笑说道："还你钱，谢谢你了！"

我也对他微笑。

不知道 T 同学是不是把所有的债都偿还了。

但是我想说的是：人真的很奇妙，没有任何规律可言，尤其是在帮助者与被帮助者之间。

2月28日 手机

"认真写作业，都把手机给我收起来！"晚自习老师，半小时来班里转一圈，转身又走了。

我们学校规定除了住校生，其他同学一律不得带手机，住校生主要是可以和家里联系。同学们带没带手机，老师怎么能知道，又没有搜身检查程序，于是这条规定基本就被架空。

一位同学说："我现在没有了手机，就没有了安全感，很难活下去。"可见小小一手机，如今还能救命。

我住校，也带着手机，午休、晚上回宿舍了，我会拿出来玩会儿，其余时间它都在我的枕头底下乖乖呆着。不要以为我就是乖乖女，不是我不喜欢玩手机，也不是我胆小不敢把手机拿到班里。

像我这样典型的宅女，电脑、手机它们曾是我的最爱，曾经一度占据了我大半个生活。

现在的我处于刻意控制期。

看着同学们拿手机，基本淡定。每晚班里总有那么几个同学会埋着头在桌下玩手机，老师过来会提醒他们注意，等老师走后他们继续。

我们安静的上着晚自习，突然教室的窗口玻璃被推看。窗户的玻璃到了晚上反光，里面的人看不到外面，站在窗外却可以清晰地看到里面。

"把你的手机给我吧！"教学办主任正在检查各班上晚自习的情

况，坐在靠窗的那位男生这次"中奖"了。

教学办主任长得很有意思，笑起来的时候他特别好看，他收同学手机的时候面带微笑、特别温柔，像是拿自己的手机一样。"中奖"的同学却从头到尾只有一个表情，他那张本来就不太具体的脸上，集合了恐慌、担心、气愤、害怕，现在变的更加抽象了。

教学办主任走后，全班都很同情"中奖"的那位同学，几乎没有一个同学觉得他上课玩手机该罚，可惜老师不以罚不责众为原则进行处罚。

教学办主任那张温柔的脸，可能会一星期出现在被罚同学的梦中。教学办主任是典型的笑面虎，他从不责骂学生。收手机的时候，那口气都像是在和同学商量，他对学生不厉害，可是到班主任老师那去告状的时候就厉害了，坏人总是留给班主任来当。

大多数班主任知道后，劈头盖脸就是给同学一顿臭骂外加写几篇检查。

可是我们班主任就不一样了。

她会把"中奖"的同学叫出去，然后说："昨晚我不是来教室说了吗，叫你们把手机收起来呀，只差没说教学办主任已经上楼了而已。你怎么还能被收呢，我也没办法了，那你就等吧，等到三个月以后再去取吧。"这算是批评吗，这不是安慰吗。

我特别喜欢班主任老师这套管学生的方法，你看，她可以不受教学办主任的控制，来唱黑脸。自己也不表态，同学的这种行为对还是不对，只告诉你错误是你自己要犯的，老师提醒过你；责任是要自己来承担的，老师自然是不能帮你担的。

3月1日　母与子对话

"为什么不说话?"

"为什么不接,你可以关机,为什么开着手机不接,为什么不接?"

"我接了……"

"什么时候接的,接了为什么不说话?"

"说了,你没听见。"

"不可能没听见。"

"……"

"你不用拿手机了,对你来讲没什么用,你别拿了,扔了吧!"

"扔了多可惜,要不我卖了吧!"

"你敢,试试看!"

这是我刚走出学校小门后,听到前面一对母子的对话。我好奇抬头一看,母亲气得脸都变色了,儿子却嬉皮笑脸。

注:我也经常遇到的情况,"这已经是我 N 次不接电话了,其实中间我有接,真的有接,只是打电话的人一拨就挂,一拨就挂,挂的时候正好是在我说话的那一瞬间。"

3月3日　今天，你醒了吗？

　　为了证明我真实地活着，两年前我给自己定了一个规矩。

　　晚上睡觉前把自己一天经历的事情都回忆一遍，早上再把昨天经历的事情回忆一遍，这样新的一天是不是在重复昨天，就能分辨，才能确定自己是否是真实地活着。

　　一开始还很好使，时间久了，也不太灵验。因为大多数时间，我的生活都是在周而复始。学生们的生活一个样，昨天和今天如此相似。但是我活着的能量减弱了，整天一副睡眼朦胧的状态。怎样才能打败这种似醒非醒的状态，怎样在相似的一天天找到我的存在？有个声音在回答：说最终的结果不同！

　　不知不觉就陷入了这样的状态，其实班里有很多同学都有过这样的感觉，觉得学校的生活每天都是一样，明天上演今天，今天重复昨天，这样的感觉极容易滋生惰性。

　　今天好像还活在昨天，希望又总是在明天，特别容易让人失掉今天。

　　于是我找到了新的证明自己存在的方法。今天的事情必须今天完成，晚一分都不行。

3月8日 《Before After》

  《Before After》这是我去日本参加演出舞蹈的名字。山本老师刚刚告诉我的，听起来好像很不错，《之前之后》，还拿来了演出的宣传海报，海报很美，日语我看不懂，便直直地盯着自己的名字和照片。

  我暗自开始想象会是怎样一场画面，我会以怎样的方式出场，山本老师为我新创作的舞蹈，会是怎样。会不会和2008年的那场一样，既然是新创，肯定不太一样，我迫不及待地等着舞蹈老师的到来。

作者赴日本演出海报的一角

我和山本老师的师生情缘，开始于2008年，四年里，山本老师对我关心和爱护却从未中断，通过电话和邮件的方式传达问候与祝福。期间2010年，山本老师来北京授课，和我联络，那是我们自2008年两年后第一次见面。再次见面，山本老师还说2008年奥运会结束后回日本走得比较匆忙，当时我在北京的亲人们，热情欢迎山本老师的到来，妈妈、姐姐、曾叔叔、邹阿姨、干爹和我，我们围在桌上吃饭。山本老师说，两年里，他经常想起我，常常回忆起2008年我们一起和残疾人艺术团排练的场景，便为我再次创作了一个新的舞蹈，临走时还说等到下次见面就作为礼物送我，我当时以为是在开玩笑。

　　直到五个月前，老师定了我们今天相约北京，开始排练舞蹈。

　　山本老师一点没变，日本型男艺术家的气质也越来越浓郁，用日式普通话和我开玩笑，还是那么自然、亲切、幽默。

作者去东京演出海报

　　老师说，在日本我还有一群舞伴，最小的才八岁，最大的三十岁，她们在东京早早开始了排练。这次赴日演出，邀请了三位中国演员，还有两位总政歌舞团的演员，山本老师主要负责我的部分。

　　我吃着山本老师从日本给我带来的礼物——披萨，听着那柔美、有力、略带舒缓的演出配乐，享受到了极点，小小兴奋搞的我今夜难以入眠。

3月9日

　　山本老师还是一贯准时，早上九点来到酒店敲我们的门。

　　妈妈开门，发出了一声惊叹，我撇头往门外一看，原来是山本老师领来了我的舞蹈授课老师，我也跟着惊叹，赶紧拽起拐，站了起来。山本老师带来的舞蹈授课老师是川上桂姐姐，我们四年前见过，不仅见过，她还在医院里为我排练舞蹈，指挥动作。川上桂姐姐，亲切的和我拥抱，她中文不是很好，表情里透露出对我在四年里变化之大的惊讶。四年前，山本老师在离残奥快要开幕的最后十几天里，把她从日本请到了中国，来到了北京对我指导，在博爱医院骨科办公室搭起来的临时排练厅里，我们一起并肩"战斗"，那个场景仿佛就在昨天。

　　妈妈把从家乡带来的茶叶，送给了山本老师和川上桂姐姐，随即还为他们沏了两杯茶。山本老师和川上桂姐姐都连连评价好喝，说日本有茶道，他们也经常喝茶，习惯和我们颇为相似，但是觉得妈妈今天给他们沏的这种茶很特别，味道很不一样，很好喝。我则解释，中国的茶叶分很多种，以福建的茶叶最为著名。我们给他们沏的这种茶属于川茶，叫做苦荞茶，苦荞是一种长在高山上的植物，苦荞茶就是苦荞加工制作出来的，味道没有一般茶叶那么浓郁，却带着一种独有的清香，喝完还会有一丝丝回甜。他们边喝边点头，说我把它的味道描述的很到位。

　　排练的时间并不是很充裕，山本老师很快进入了状态，开始给我讲解舞蹈的内涵，在他看来一个好的舞蹈作品，如果找不到它想要表达的意思，那么舞蹈演员在表演时就难以进入状态，就如同一个人丢失了灵魂，所以我们每次排练都是以讲解开始。"在一个晴朗的午后，作为音乐老师的你，带着孩子们来到了郊外，你坐在了轮椅上，回忆着小时候那个成为舞者的梦。梦醒了，暖暖的阳光正好洒在你的脸上，你灿烂地笑了，陶醉其中，哼唱起来，一个好奇的孩子走来，问你唱的是什么歌曲，如此动听。于是，你开始一句一句教他们唱，唱的是生命和阳光。最后变成了大合唱，这时你舞动双臂尽情指挥。"山本老师说想要表达的就是这个意思，要用肢体语言来展示。

音乐响起，川上桂姐姐静静的为我演示了一遍，舞蹈长 10 分钟，整体感觉宁静、波澜不惊、柔美、有力。川上桂姐姐表演的很投入，表情也很到位，看上去很美，以至于第一遍我光顾着欣赏去了，山本老师一贯善解人意，告诉我说第二遍准备开始记住大概的动作……第四遍的时候，山本老师说我可以跟着，我就川上桂姐姐的动作自己领悟记忆了。这种感觉如此熟习，让我开始怀疑时光穿越。上午的学习进行得很顺利，老师们都很高兴。中间老师和我还几次停下来交流动作，算作是休息。

下午的过程跟上午差不多，结束之时，我差不多领悟整个过程。

晚上洗澡，感觉手臂酸胀，这才知道自己排练一天累了。

我和山本老师、川上桂老师

3月8日　回十五中"探亲"

在北京十五中上初中的一年多时间里，我得到了很多真挚而又珍贵的友谊，和同学、和老师、和校长。

我的那帮死党同学们，是我离开时最难以割舍和放不下的。我虽然有些时候非常讨厌网络，但是在有些时候又真心地感谢它。

我回到四川上学后，只要能上网，跟同学们感觉还是很近。他们只要一听说我会来北京了，就赶紧开始紧锣密鼓地召集全班同学开始准备了。

因为去东京演出，我要提前来北京排练，虽然时间很紧张，可是抽出一点时间来和同学们见面我还是可以自由决定的。

我已经有大半年没有看到那帮死党了，虽然我们天天都能在电脑上聊天。我上午到的北京，跟山本导演刚见完面，中午就赶往了学校，我们约好了晚上一起吃饭，但是晚上班里有些同学没法参加，所以就叫我先回一趟学校。

在回学校的路上，我没有给他们发短信。到了学校被一个同学先发现了，然后他赶紧领着我，去新搬的教室，走进去时大家都在吃午饭，看到我来了觉得很惊讶，大家都围了过来。

"什么时间到，不是得先发短信告诉我们吗？"一个同学说道。

"想给你们一个惊喜啦！"我高兴地回答道！

我们分开还不到一年，突然感觉班里的同学，怎么长高了这么多，我以前在里面至少也算是个中等个儿，现在一下子变矮了，好不习惯。

中午体育馆内有排球赛，大伙儿带着我就去馆里了。赛场上，女将尤猛，看得人直叫好！这种感觉仿佛就在昨天。感觉就像一会儿妈妈就快来接我回家了！

午休时间不长，就一小时，同学们很快就要回到教室上课去了。我跟他们道别了，大家都很高兴，因为晚上我们还要一起吃饭。

回到酒店后，我和山本老师开始沟通舞蹈。

晚上妈妈把我送到了同学们指定的饭店，就离开了，她也有经验了，知道"监视"我们吃饭，那样很别扭。

我上楼后，看到同学们都到了，一个大长条的桌子，上面放着一个礼物袋子，他们说里面的东西是大伙送的，拿回家没事儿了，就猜猜都是谁送的，要一一对应好哦！看到眼前的景象，真的好感动啊！我的死党同学们，你们对月儿怎么这么好啊！我都没有给你们准备礼物带去！

那晚，我们吃饭其实是小事儿，大家都想这样聚在一起玩游戏、聊天。红酒配真心话大冒险，有意思极了！

那晚离别的时候，大家都有些伤心，这一别，又不知道哪年什么时候才能又见面了，尽管我们每天都能上网聊天，珍贵的同学友情伴我们时刻成长！

回十五中时间比较紧，我也没有去看班主任刘老师他们，也没有去看望我可亲可爱对我关爱有加、关注我成长的李明启校长，不过我还会再回去看你们的！

3月12日　在海军总医院复查、看望先天性心脏病儿童

　　每次来到海军总医院作身体复查，都总感觉像回家。这种熟习，来源于这里住着给我第二次生命的可爱的军医舅舅、姨姨。这种亲切，已经超越了简单的医生与病患。

　　这次检查身体，我也给他们带去我的日记散文书籍《舞月豆蔻》，又是一年不见的海军舅舅、姨姨们，见了我最惊讶的感觉就是：呀，又长高了，简直是一个大姑娘了！然后拉拉我的手，摸摸我的脸，仿

我和妈妈跟海军舅舅、姨姨们在一起

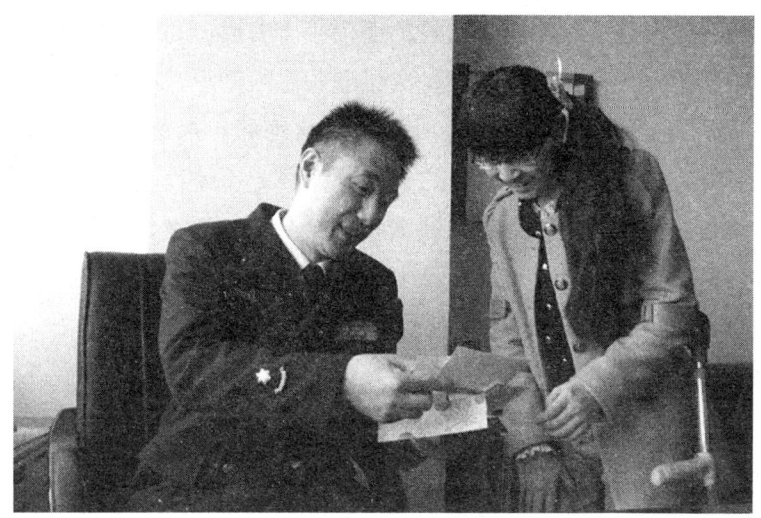

何劢舅舅在他办公室拿照片给我看

何劢舅舅及他们家小姐姐和我

佛在说：嗯，这还是我们当初救的那个小李月吗，每次见面，我都会和他们拥抱好久，护士长阿姨每次见到我，眼睛里总是泛着泪光。因为，直到现在我晚上做梦都会听到四年前她那句永恒的声音：孩子，你要醒醒，要坚持着，不要睡过去，要挺住，不要闭上眼睛。阿姨紧紧地握住我的冰冷的手，温暖穿透到我全身。何勍舅舅，是海军总医院的骨科主任，我的复查就在他们科室，他还邀请我去参观。何勍舅舅每年都会定时过问我的一切情况，总是对他亲手"拿"掉右腿的这个孩子放心不下，投去关怀。何勍舅舅平时话不多，给人感觉工作非常沉稳认真，办公室里安静整洁。有一次，他突然打开抽屉，抽出了几张照片递给说：挑挑看有没有喜欢的。拿着照片把我乐坏了，呵呵呵笑出了声来。身边的其他舅舅、姨姨们好像没怎么看明白，只看到我手里拿着湖南卫视节目主持人何炅哥哥的签名照，看来这是我和何勍舅舅的一个秘密。四年前，在给我做现场截肢手术时，救援人员们想尽了一切办法叫我挺住，因为他们说一旦闭上眼睛，可能就再也睁不开。何勍舅舅叫对我说：孩子你坚持住，坚持住，我就带你去见何炅哥哥，他是我弟弟。巧的是我是湖南卫视《快乐大本营》的铁杆粉丝，特别喜欢何炅哥哥，当时一下子来劲，还回应了一句：你骗人！现在想起来，觉得何勍舅舅的办法真是高明有效！还有，朱志明舅舅在当时也想尽办法鼓励我。

　　我在海军总医院的第二站，是去观影赠书，在那里我看到我们国家现代医疗装备与技术在发展中迈向了先进。看到了我国专门为海上医疗救护量身定做的专业大型医院船，船上搭载的某些医疗装备达到三甲医院的水平。2009年，在海军成立60周年暨多国海军活动中，"和平方舟"号医院船首次公开亮相。2011年9月，海军"和平方舟"号医院船正式起航，执行"和谐使命——2011"出访暨医疗服务任务，中国海军"和平方舟"号医院船从舟山某军港出发，首次登上太平洋，穿越巴拿马运河进入大西洋领域，远赴古巴、牙买加、特里尼

我给王文珍阿姨赠书

我和王文珍阿姨

达和多巴哥、哥斯达黎加，完成了为期105天的友好访问与国际人道主义医护援助。片中医院船官兵凭借过硬的素质、友好的形象、友善的行动，在深蓝色的航迹间谱写了无疆的大爱，他们的故事感动了世界。我身边站着的军医舅舅、阿姨们有不少出现在了画面当中。第四十二届南丁格尔奖获得者王文珍阿姨在旁边告诉我：在这个世界上还有很多像画面上一样的国家的人民需要人道主义的医疗援助。地震住院以来，是我和自己认为最为伟大的职业之一的护士接触最多的时候，无论是绵阳四零四医院，西安唐都医院，北京博爱医院还是海军总医院，我都对她们有着深刻的记忆，她们在照顾病人，尤其是重症病人、传染病人时的无微不至都及其相似。2008年已经46岁的王文珍阿姨在患有严重腰间盘突出、膝关节积液的条件下，向党组织递交了请战书，在我认为最为黑暗的那个夜晚，她和战友们也同样踏进了余震不断、已为废墟的北川。60多小时的救援里，她没有洗过一次脸，没刷过一次牙，饿了吃口饼干，渴了喝点矿泉水，和战友们一起治疗了109名伤病员，解救出包括我在内的10名被困废墟下的伤残人员。后来我才知道原来这只是王文珍阿姨用生命诠释自己所热爱的职业——护士的小小的一部分……还有许多，在非典时期中，在对艾滋病患者的守护里，在面对无数的陌生人时真情投入的护理里，在坚持不断的学习和为人民服务里。2009年10月的人民大会堂里，国家主席胡锦涛亲自把第四十二届南丁格尔奖章挂到了王文珍阿姨的胸前。在这一刻，我想那是对一个人生命所存在的意义的至高证明，她的事迹将勉励我终身。

第三站，我来到了一楼的"先心病儿童救助"的爱心病房，这里住着21名来自四川梁山州的先天性心脏病儿童，他们是在中华慈善总会和海军总医院的帮助下来到了北京，在海军总医院接受免费的治疗。宽敞明亮的病房布置的很温馨，病房也很安静，躺在病床上的小患者从从一到十几岁不等。四川梁山地区是彝族自治州，那里常年日照充足，海

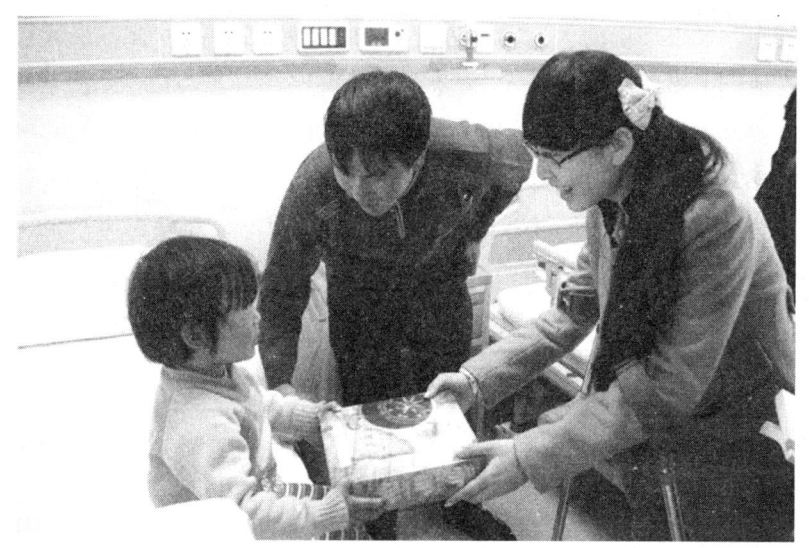

海军总医院先心病室里来自四川凉山州的小老乡

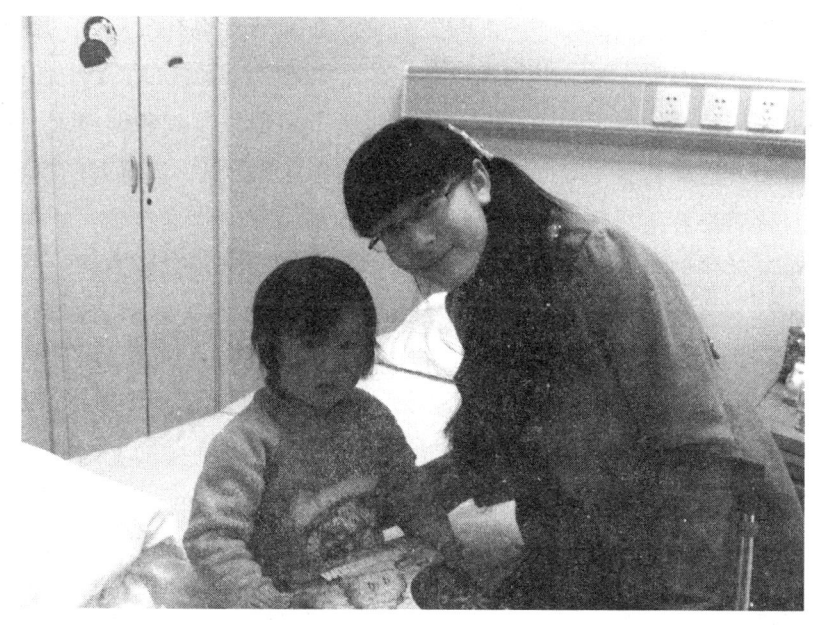

小妹妹刚做完手术，迎来健康

拔较高，所以那里的人们看上去健康黝黑。小患者们一看就很容易分辨，他们大多都刚做完手术。

我拿着准备好的家乡特产还有自己的书，走到他们身边，其中一个两岁多的小弟弟长得非常可爱，他刚做完手术，不能动弹，睁开眼看着我，不说话，没有表情。他的爸爸说，刚手术完麻醉还没过。我握着他的小手，感觉他的这种眼神自己也曾有过，谁也不想看、谁也不想理，脑袋里什么也没有一片空白，只想静静地躺着。有两个上小学的小病患，躺在床上气色看上去好很多，还可以和我说话，小老乡们和我用四川话沟通交流，在一旁看着的海军舅舅、姨姨们看得云里雾里，只好跟着我们一起笑。我把自己的书送给他们，告诉他们，病魔可以占据我们的身体，但占据不了我们追求健康的心灵；告诉他们，经历过洗礼后的生活会更加的美好。有个小弟弟坐了起来，看到了我有一只裤腿空荡荡的。

先天性心脏病，对一个人的生活到底会造成什么样的影响、多大的痛苦，我不曾了解，但是我知道，在这里接受治疗后的每个小患者，在专家们精湛的医术和治疗下，都有极大的可能恢复到和健康人一样的状态，这样的手术救助一个健康一个，这是看得见、摸得着的事实，是直接对患者生活产生积极影响的好事，最直接的意义在于：让在绝望中的孩子们看到生活原来可以很美好的希望。而这样的希望，已经在中华慈善总会和海军总医院救助下，不到一年里点亮了600多盏，可喜的是这个数字还会不断上升。

在我的生活里，不是每天都可以这样的充实，因为这一天能让我成长好几岁！

4月4日　清明小雨

清明时节，我们这里总会下些小雨，小雨很轻、很柔、很细，淅淅沥沥仿佛是在诉说，它不想让祭扫的人在痛不见底的悲伤中那么孤独。

4月4日　庙里人

　　庙里人来人往，清贫者、富贵者，普通者、显赫者，孩童者、青壮者、年迈者，残疾者、健康者佛祖通通接纳、感化。

4月4日　算命

通往庙里的那条小路上，行人过往的两旁，坐着一列人，他们叫做算命先生。大多带着墨镜，在我们这里，算命行业里，不管是职业者还是消费者都特别相信盲人算命，索性也就把算命先生俗称为：瞎子。

我不知道他们是怎么得出瞎子算命比一般算命先生算得准确的，是否存在什么科学依据？但是瞎子算命在我们这儿真的就像盲人推拿一样，占领了职业高地。不管怎样，得到如此高的肯定，也算是大家慷慨、愿意给残疾人福利。

外公、外婆很相信算命这回事儿，我从小耳濡目染，受了些影响，对于过程颇有了解。但是外公、外婆还是属于比较吝啬的那一类，舍不得钱，也舍不得命。不让别人算实在好奇了呢，就自己给自己算，出于关心，还会负责的给家里的每一位成员算。算命看上去神秘，其实也就是个技术活，两三块钱买本黄历书就可以搞定，接下来嘛，很规律。生辰八字一报，他们只需在画好的表格里找，跟套公式得出结果的原理一样。过程特别科学，只是不知道怎么证明"公式"，不知道就这样成了迷信的根源。

据说这就是他们和算命先生的差距，算命先生不喜欢套公式，他们更擅长证明，而且每个人的证明方法都不同。

看看过道的两边，每个摊位上总有几个人围着，其实每次算命先生也只能给一个人算，其他人竖着耳朵听，定着眼睛看，如果被算的那位听了先生的讲解后频频点头了，那接下来围观的人也会积极踊跃的跟着让先生算。听和看的人倒是很聪明，还知道拿别人当实验。

我走累了，坐在椅子上观看。

"姑娘，你要不要算一卦？"一位不是瞎子的算命先生走了过来，看我那么好奇的盯着别人看。

"我等人，我不算！"不知道为什么，我有种莫名的反感。除了不喜欢拿自己的命开玩笑，还有对陌生人走近时感到的恐惧。来来往往这么多人他为什么就盯上了我，非要给我算。

难道是看我缺少了正常人该有的"零件"？

我想很快把他支走，他倒不慌不忙，皱着眉将我上下打量了一番，离开时还摇了摇头。好像今天这一卦不算，接下来我将有灭顶之灾。

故弄玄虚的动作，最终也没有迎来我的挽留。

如果非要说算命有些奥秘的话，那我的反感，说不清是对未知命运的不屑还是害怕。

我曾经在家，也排着队让外公给我算，外公每次都说：月儿今年，学业有进步，事业大展宏图，婚姻美满幸福，无大灾大难，但要小心可能会遇小人遭暗算。

我每次都笑话外公不专业，小学生哪有什么婚姻、事业啊。事实也证明外公真的不专业，不然为什么他不告诉我会有那么大一劫，为什么不让我提早知道避开那一劫。

到现在，外公算命的不专业不能不说殃及到了我对所有算命的不屑。晚一天知道还可以多一天的快乐，不知道或许一辈子就躲过去了，老天不喜欢找不幽默的人开玩笑，所以没事儿你也别老逗他。

说到底我还是很怕它。

更何况，在我看来，算过去都比算未来有意义，还比较容易，至少洞察了过去。但是算过去也不是最佳，最佳的要数把握现在了，只有把握现在，才能感受到自己的存在，这样比较精确了，思想和行动才不会存在时差，才能全身心的投入到生命的此时此刻中。

生命里的每一时刻都有无数精彩的东西存在。

算未来，不如算过去，算过去不如把握现在。

4月7日 "偶像"力量

"您无聊吗，您寂寞吗，您空虚吗，亲，让微博来解救你吧，闻天下事，听世间奇，保证为您24小时无间断报道，让您听够、看够、笑够、说够、了解够。"

这是我同学为微博编的广告。

"微博有付你费吗，你这么积极的宣传作广告。"我也跟着他的幽默附和道。

信息时代下，网络乃一唾手可得的诱惑，几乎不需要成本，一点一注册，你就加入了。

一个虚拟的世界，居然能够这么热热闹闹。

我在同学的宣传下也加入了。刚开始找不到一个人口开始聊，国家大事轮不到我来把心操，学术争论我也只能望尘莫及了，我最会干的就是对着冷幽默哈哈傻笑。

后来，有趣的事越来越多了，大家都在讨论2012会不会来到，来时会有什么征兆，诺亚方舟在哪里造，是不是我也得去弄张船票。我说装什么傻瓜，莫非你还真是糊涂了，2012你都已经过了一个月啦。星座专家，天天都在研究怎么才能把12星座全都一夸，好让那些傻瓜天天转发，人气自然就上去了，粉丝时时刻刻都在刷。轮到夸我了，偷笑时我一刻也不忘了转发！其实我想说的不是我的这些犯傻！发现我的同学那才叫一个专业啊，不只一个、两个啦。完全把微博当成在跟偶像打电话，管你电话那头传来的是"关机"还是"占线"反正自己的话说完就可以了。偶像今天又说什么了，偶像今天又跟什么人在一起啦，偶像也有不开心的时候呀，偶像好像感冒了，偶像昨晚好像没睡好觉啦。原来偶像也是个人呀！偶像居然回复了，他/她的粉丝可是上千万啊。那概率，比中彩票都难，那感觉，比考个100分都美！

一日，微控Q同学，还是换作偶像控Q同学吧，一早起来拉着我大吼大叫"他回复我啦，他回复我啦"！我以为她跟家里的爸爸、妈妈失去联系啦，不然得到回复眼睛里怎么会充满激动的泪花。

她说他回复说，"她就像天使一样天天都守护着他，这么长时间了，他看在眼里，暖在心里呀，谢谢亲爱的粉丝陪伴啦"！说完Q同学就高兴地哭出声了！

Q同学的坚持与执著终于得到回报了。美了一整天，上课积极回答问题，下课主动帮助同学解答疑惑，就连打扫卫生扫地都抢着去做。哈哈，"95后"的我们也太容易满足了！偶像的力量也太强大了！

如果你是偶像的话，没事儿的时候就多回复几个吧，万一被你回复的那位粉丝，被你激励，激动得对着地球蹦了起来，落地时地球为之一颤躲过了火星的撞击，哈哈，那你也算造福人类了吧！

可惜我没有偶像呀！只能对着电脑哈哈大笑！

4月13日　不痛，就爬起来

晚上我还是小心翼翼地把秋裤脱了下来，检查了自己残端有没有摔伤。有一块红色的印痕，还好没有蹭破。

学校卫生间，一到下课就非常拥挤，按照我走路的速度走到卫生间，一般都已经拍老长的队伍了。上课铃响了，有时都还没等到。幸好我已经练出了憋尿的功夫，可是后来医生说，长期憋尿对身体不好，于是我就不敢再憋尿了。但是只要我下课去厕所的话，上课保准会迟到。

后来我想了个办法，跟老师报请批准了一下，竟然通过了。我可以在上课的时候，悄悄的从后门走出去上厕所，避开高峰。

今天语文课时，我从后门悄悄溜去卫生间上厕所了。下课时拥挤的卫生间在那会儿也空荡荡。没有马桶，对我来讲比较困恼，我上卫生间迟到的多半原因都是因为不方便使用蹲便。先得把拐立在一旁，然后手扶着墙一点一点慢慢蹲下，平衡力差的话准倒下。这一个动作，在来学校之前，我在家练习了很久，蹲下来的平衡基本把握的很好了。

今天有点不妙，立靠在一旁的拐居然倒下来，刚好砸在我的头上滑落到背上。我一下子就翻到在地了，残端刚好刮蹭在地上，我叫了一声。听到外面有个声音在说："同学怎么了？"从声音判断应该是个老师，声音温柔急迫。

"没事儿，没事儿。"我赶紧回答道，我觉得人有的时候可神奇了，特别会伪装，即便是自己疼得不行了，逞能还可以伪装的很好。

老师一直在外面，因为还没传来离开的脚步声。她还站在我这间的门口，我可以从门缝里看到她的脚。她好像打算等尖叫的学生出来，看到没事儿了才能放心走。我不想让她看到我，也不想让老师帮助我，任何人都不想，于是就强忍着痛，憋着呼吸。我妈妈经常因为我的这种较劲儿骂我，可是我总也改不掉，而且还越来越严重！老师终究也没能看到我，就离开了。她走了，我松了一口气，这时被摔倒的地方也没那么痛了，我慢慢从地上爬了起来，走了出去。

　　这种较劲儿我一开始也觉得很变态，为什么要虐待自己。可是，有时候真的不好选择，难道：不虐自己虐别人？

　　摔多了会让你爬起来的姿势越来越漂亮。

　　既然不痛了，那爬起来就好了！

4月25日　湖里的两个"黑点"

有两位老人在湖里捞垃圾。

我以为是自己看错了，离得太远，眼睛不太好使，也没戴眼镜。只看得见两个黑点，在视线里晃动。

我想，那不会是两个人吧，我越走越近，再想那不会是两位老人吧！

走到跟前了。发现：是人，是两位老人。

瘦骨嶙峋，头发花白，多半个身子泡在水里，只露出少半个上身和脑袋。

如果他们是你的外公，是你的爷爷，是你的爸爸，是你的亲人……

我一定会叫他，赶紧上来。

春天已经没那么冷了，不，这与季节无关。

难道因为他们连我的亲人都不是吗，已经走到跟前了，我居然没喊他们赶快上来？

不是我不想，是我不敢，为什么不敢。

因为想了想，他们有可能是在挣钱，我有可能会影响到他们的工作。

没人会在这个时候把自己泡在冰冷的脏水里，除了挣钱。

湖的四周不深，他们沿着边边慢慢移动，湖面上的垃圾随着水波慢慢飘到了离岸较近的边边。还要感谢湖面上吹过的微风，推波助澜。不然他们会不会到湖中央去捞垃圾。

湖四周一大半的边缘都已经或多或少的有些白色垃圾了，他们的工作已经进行一大半了。

"姑娘走开，一会儿扔你身上了。"其中一位老人，提醒我道，不知不觉我居然离他们那么近了！

"为什么要把垃圾扔湖里呢?"我在心里问道。

"不扔湖里，他们哪有工作，哪有钱赚!"这是魔鬼在回答！

"把你爸爸拉来，请他进湖里帮你把垃圾捡起来，然后你告诉他你给他拿钱。既然可以赚钱，肥水又怎么能流外人田!"魔鬼的回答不就是可以推出这样的结论吗?

魔鬼知道说错话了，偷偷地溜走了，赶紧回家守护自己的爸爸去了。

两位老人，还在冰冷的湖里为魔鬼"买单"。

他们知道自己的劳动力不值钱，所以他们乐意干。可是为什么还有那么多人知道，但并不愿提醒他们：命很贵，已经无关钱不钱。

5月5日 书有味

　　我学习不怎么样，读书倒是特别喜欢，我英语不怎么样，语文倒是特别好！喜欢读书，这一点可能也是遗传了我外婆，我外婆看书时，会常常忘了给我们做饭。

　　写作业、看书，你若让我选一个，我定选后者。就此，我看书常常被我妈说成是不误正业，因为我常常会看书看得忘记写作业。我妈叫我很多遍我都听不见，妈妈老说我是装作听不见。她却不知道"真在境中者，从不知此景"！我喜欢看小说，这是很多我们这一代孩子的共同爱好，关于这个爱好我早就说过，我们班还有一两个男生，在写武侠小说，入境很正常。

　　但我不只看小说，我觉得看书有个关键，就是首先要找书，要找对书，最好是有个给你推荐好书的人，通常我去书店没有目的的买书的话，就会先找一本名字看上去是自己喜欢的，然后当场就开始看，千万不要急着买，因为如果不是你特别感兴趣的书的话，你买回了家有可能它会成为摆设，我曾经买的很多书，都是现在闲的时间才拿出来看。因此，买一本书你最好是在买之前先看到一半，这样就很容易判断，这是不是你要买的，你所感兴趣的书了。我说，如果能有一个推荐给你好书的人的话，那你就很幸运。是因为这样就可以在买书时节省时间了，当然这只是原因之一，还有一个原因是推荐给你的书的质量应该都是很不错的了，但有个前提，是推荐给你书的人要对你的阅读喜好非常了解才可以。

我姐姐经常给我推荐一些书，之前也是会有很多不同类别的书推荐给我，有的很难读懂、有的我也不怎么感兴趣。她知道我比较喜欢读小说了以后，给我推荐过一本叫做《酥油》的小说。

这本小说，打破了我之前读过的所有，作者江觉迟是个女生。我开始读时，一下子就能感觉到她文笔的细腻，语言的精妙。读完之后，被她讲述的这个故事深深地感动了，读完后，几天都没能走出这本书，写出来，其实也想推荐给大家。说是小说，其实都是作者本人有过的一些经历。讲的是一个援藏支教的江苏安徽女子，在藏区和孩子们之间和自己爱上的一个西藏小伙子之间的故事，非常感人，我是一个读书入心但不入情的人，这可能跟我喜欢读小说有关，都是假的嘛，很难让人有想哭的感觉，但是读《酥油》的时候，我几次落泪，它的结局让人非常痛心，不知道是真是假，当作者把现实和想象拼凑到一起的时候，那小说展现给读者的感觉就非同一般了！

小说，我私下里也在学着写。当你自己开始执笔写小说的时候，你就会发现，小说需要的绝非仅有一个非常能够幻想的头脑，像《哈利·波特》作者 J．K．Rowling 这样的天才应该是很少的，我读到的一些自认为精彩的小说，它们的作者一般都不是特别年轻的，也就是说作者的阅历对于小说创造来讲是很有价值的。因为一本好的小说，通常会引起读者的共鸣。但是悬疑小说和侦探小说除外，这两种需要读者去猜，越是猜不出作者葫芦里卖的什么药，它才越有价值！

所以说，我觉得读书有意思。不仅仅是觉得书中所描述的故事精彩，当然故事精彩是主要的原因，但还有一部分原因就是能够揣摩作者的心思，不管是从构思还是从技巧上所体现出来的。

老师们所说的"书中自有黄金屋，书中自有颜如玉"。在我上初中之前都把它狭义的理解了，我以为其中所描述书专指我们上学用的课本！

广义理解后，我觉得这句话非常富有想象力、非常具体的描述出了书所带给人们的无穷乐趣。

　　对我来讲，拥有像读书这样的爱好是非常幸运的，因为读书不仅仅能够带着我快乐，它能够为我驱赶孤独。

　　如果你要问我说到底有什么味道，能够让众人着迷！

　　我只能回答：淡淡清香、丝丝回甜、句句暖人心窝。

我在哈尔滨书博会上

"格格"遇"太子"——梦与曦

1

梦的奶奶去世时，梦七岁。

梦的奶奶生前一直希望梦的爸爸、妈妈再生一个梦的弟弟啦。梦的奶奶两个儿子都生的是女儿呀，梦奶奶生前对梦爸爸说：赶紧添个男孩，续香火呀！

梦的奶奶因为一场意外去世了。

梦的爸爸、妈妈觉得这些年，对母亲也没有尽多少孝道呀，索取大过回报呀，梦奶奶一去世，他们大彻大悟了，决定完成梦奶奶的遗愿啊！

梦的妈妈怀孕了，大家都知道了，梦爸爸、梦妈妈唯独没有告诉梦啊。因为梦一直都比较小气啦，梦爸爸、梦妈妈心想拖着一天是一天吧，到时候突然蹦出个弟弟或者妹妹，没准梦会一高兴，什么都不在乎了。

梦比较敏感啊，看着妈妈的肚子一天天变鼓了，心事越来越重了。梦家邻居偶有一天拿梦开玩笑啦：你妈妈就要给你生个弟弟了，生了弟弟就不爱你啦！邻居大妈真讨厌啊！一道点破梦心里的疑惑啦。

梦从此走上了郁闷的不归路，看着她妈妈的肚子一天天的大起来，她就连吃饭的力气都没有了。

那段时间她一见人最擅长的就是讲笑话，说：从前有个女人啦，她已经有了个女儿，可是她又想要个儿子啦，于是她就又怀了个儿子。一次上厕所突然不小心就把肚子里的那个儿子拉出来了，结果她自己都不知道，过了一会儿她突然发现自己的肚子空了，于是大喊我的儿子哪里去了、我的儿子哪里去了。讲完后梦总会捂着嘴在那偷笑。

一般人听完后都会说，好冷啊！只有梦的同学听了以后也会和梦一样哈哈大笑。一天梦的表姐听说了，表姐说，天啦，她居然从梦的笑脸上看到一丝绝望！

一桌人吃饭，梦爸爸、梦妈妈频繁给梦夹菜呀，梦说：你们可不可以不要这么假了，自己多吃点喂饱你肚子里的孩子吧！全家人都觉得梦的醋味太大了，已经没玩没了了。只有梦表姐被梦自己制造的这种凄凉给征服了，梦表姐觉得梦父母给梦夹菜的动作实在有些多余了，看上去像是在梦的伤口上撒盐啦。

走在路上梦总是会离她爸爸、妈妈老远，俨然已经把自己归为了被抛弃的那一类。从那时起，在郁闷的路上，梦看天不是天，看地不是地。

梦爸爸、梦妈妈不知如何对梦是好啊！有人告诉他们说："之前，你们就不该对梦太好！那些曾经对梦的种种之好，简直是在为日后添子埋伏笔啊！"哎呀，梦这下可是好！可是叫摔得个惨啊！说话之人都对梦油生同情啊！

2

梦八岁时，梦弟弟出生了。

亲戚、邻居都夸梦妈妈肚子争气啊，说生娃就生了个娃。梦妈妈望着窗外觉得天都格外的蓝，好像梦奶奶对她在微笑啊。

梦爸爸，抱着小弟弟给梦看呀，梦看着小家伙滴溜儿着眼睛到处看啊，觉得好可爱呀，梦从爸爸的手里接了过来，亲了亲小家伙红红的脸蛋啊！梦爸爸看着梦妈妈笑了，心想从此以后姐弟俩就可以和谐相处了，这个大大的心里负担终于放下啦！

梦像变了一个人呀！

梦这下可积极啦，放了学就直奔医院，尿布、屎片都给弟弟洗呀，护士阿姨夸梦是个好姐姐呀，不怕脏还这么能干。病房里的准妈妈们，看到梦这番表现彼此开玩笑：生不了双，以后也要添成双，这样的家庭，多让人羡慕啊！梦爸爸、梦妈妈笑得合不拢嘴啊。

梦爸爸、梦妈妈一开始给梦弟弟起了个名字叫凯，后来梦弟弟还未百天就老进医院。梦妈妈找了个算命先生，给梦弟弟一算说：这孩子五行缺木，于是改名为曦。

梦妈妈从医院回家了，梦只要一空下来就跟弟弟玩，梦对妈妈说：弟弟笑了！梦对爸爸说：弟弟好像亲她了！梦的小伙伴们说：你有弟弟就抛弃我们啦，不跟你玩了！梦说：我要跟你们玩，我要跟你们玩！可是每次放学回家，写完作业就不见梦再出来了。

梦弟弟每天夜里都会哭好几次，梦经常听到爸爸、妈妈半夜里还在哄他，他们经常一夜都不睡啊，梦有些心疼爸爸、妈妈。

梦每天一回来，还是第一时间先跟弟弟玩两下，可是一天，梦刚刚抱起弟弟，弟弟就使劲地哭啊，梦不知道怎么了，梦觉得弟弟有些不可爱了。

3

曦开始认人了。

有一天，梦家里来了好多客人，都抢着要抱曦，这下把曦吓坏了，曦一时找不到妈妈，姐姐一抱他居然不哭了。客人都说还是姐姐厉害呀，可把梦给乐坏了！

原来曦这么喜欢姐姐，梦突然觉得弟弟就像块宝。在家没事儿时，就抱着弟弟蹦啊蹦，跳啊跳，曦乐得咯咯只知道笑！突然"扑通"一声，曦被摔在地上头着地了，梦妈妈一下子从厨房奔出来了！抱起儿子，一巴掌甩在了梦的脸上。

梦吓蒙了，一巴掌甩在她脸上，都没把她打醒过来！

曦的哭声充斥着整个房间，梦觉得好可怕，这样一摔弟弟会不会死啊！

梦妈妈检查曦的脑袋，一个红红的大包马上鼓起来了。

曦刚满六个月，脑袋还没有完全长硬，梦的妈妈哭起来了！

梦觉得妈妈那一巴掌甩在脸上还是有点痛啊，可是没有弟弟会不会死去那么严重。梦觉得弟弟好可怜啊，梦觉得妈妈应该再打她两巴掌啊！

梦妈妈赶紧给曦喂奶，曦的嘴一下子堵住了，不哭了。只要不哭了，梦觉得就没那么可怕了。梦害怕妈妈骂她，干脆躲进房间，不敢出来啦。

梦回房躺在床上睡着了，曦一会儿吃完奶，也睡着了。

梦爸爸回来了，梦妈妈跟梦爸爸说曦的头上的包是在床上爬时不小心摔下来弄伤的。

吃晚饭了，梦爸爸去敲梦的房间，叫她起来吃饭了。梦吓得惊醒了，她听到了爸爸的声音，她装作没听到，不敢去开门，她找了件厚点的衣服套上。

梦爸爸又来敲门了，这次梦爸爸有些不耐烦了，梦顶着头皮把门打开了。梦睁开眼一看，爸爸已经离开了。

她唯唯诺诺的走到饭桌前，看到爸爸居然已经端起了碗吃饭，并叫她赶紧坐过来吃饭。梦突然想到了，古装戏里头，上刑场受刑的人，狱长一般都会为他们准备一顿丰盛的人间餐。梦一言不发，埋着头开始吃饭，梦爸爸突然开口了，把梦吓了一跳，差点把碗筷甩出去了。

梦妈妈说：你慢点！

梦爸爸说：大夏天的，你穿那么厚的衣服干嘛?！

猛抬头看了一眼爸爸，居然面带微笑。

梦妈妈说：快去脱了，屋里这么热，一会儿搞成热感冒了。

梦放下碗筷，回到房间松了口气，把衣服脱了。

知道不是最后一顿人间餐以后，梦轻松地把饭吃完了！

梦知道这次多谢妈妈！

此以后，梦好几天都不敢抱曦了，一看到曦头上的包，梦就觉得害怕。

梦写完作业跑到楼下去和小伙伴玩，小朋友都不理她，于是她又回到了家。

4

曦断母乳了。

曦开始走路了。

梦在家时就要负责给弟弟兑牛奶。

周日下午。梦在房间里写作业，曦在客厅的学步车里玩卡片。梦趁妈妈洗衣服在卫生间没有出来，偷偷从房间溜了出来。

她算好了时间，此时正在上演宫廷大戏，打开电视，声音也吸引了曦的注意力，曦望了一眼电视觉得没有卡片好看，于是继续玩自己的卡片。梦搬了个小板凳，放在客厅的茶几前，边看电视边写作业，卫生间里洗衣机哄哄作响。

没过一会儿，梦哭了，电视里有个丫鬟被人冤枉了，没有人为她鸣冤。梦哭出了声，曦转头看了梦一眼，又回望了电视一眼。好像在说：里面的人到底怎么了，每次都把姐姐弄得这么悲惨！可是他不管，他还是继续玩，卡片撒了一地，也没人帮他捡，他把注意力投向了茶几上梦的作业本。

正当精彩的时候，讨厌的广告蹦了出来！梦从剧情里走了出来。

回过头来，曦把她的作业本含在嘴了，湿了一小半。梦赶紧把本子抢了过来，恶狠狠的盯了曦一眼，曦一下子大哭起来。

还是对儿子的哭声比较敏感，梦妈妈甩下手里的衣服跑了出来。梦还来不及回到房间。梦妈妈，一看便知道，都不用问。吼着梦赶紧滚回房间写作业，把电视也关掉了。

"回来，回来，去把弟弟的奶瓶洗洗，兑瓶奶给弟弟！"梦还没踏进房间，梦妈妈又把她喊了回来，梦看了看湿了一半的作业本，把它扔到了一边。

梦拿过桌子上的奶瓶，走进了厨房，洗了洗，兑了奶粉就出来，急急忙忙。

她赶忙把奶瓶递给了妈妈，走时说道："人家还要写作业呢，还让人家给你儿子兑奶。"

梦妈妈边把奶瓶的奶嘴递进曦的嘴里，边大声对着梦吼道：每次一叫你做事儿，你就拿作业当挡箭牌，你刚刚在干嘛（偷看电视）！回头让你爸收拾你！

突然，梦妈妈发现曦含着奶瓶哭得更厉害了！

"妈呀，这么烫呀！"梦妈妈吓坏了，心想儿子已经被她硬塞着喝了几口了，会不会把舌头、喉咙烫坏啊。

"梦，你给我滚出来！"弟弟哭得越来越厉害，妈妈这次还真的没完了。

"你给我过来点。"梦怕她妈妈打她，离得好远。梦妈妈干脆一把把她拽了过来。

"这是你兑的奶啊，你想把你弟弟烫死啊！"梦妈妈把奶瓶扔给了梦。

"哎呀，我忘记啦!" 梦这才想起来，刚才兑奶的时候，好像一直在接开水，忘记接凉水了! 那会儿一直在想明天怎么跟老师交待本子的事，哪有专心兑奶啊!

可是梦不敢说出来，说出来怕妈妈更火了。

梦妈妈在检查曦的嘴巴，顾不过来打梦，叫梦赶紧去接些偏凉的温水过来。

梦这次可是不敢怠慢了，她心里其实也很心疼弟弟烫伤的嘴巴。

晚上，梦爸爸回来了，这次梦挨打了，梦爸爸狠狠地打了她，说她做作业看电视不专心!

可是她觉得根本就是因为弟弟喝了她兑了的奶，烫伤了嘴巴!

梦开始不相信她妈妈，更讨厌他爸爸打她还骗她。

星期一，来到学校，同学问她脸上的手指印是怎么回事呀! 老师问她本子搞那样是怎么回事呀!

那一刻，那一刻，梦觉得自己衰到了极点!

梦以为她就是他们家的公主，可是才当了 8 年的 "格格"，家里就这样杀出个 "太子" 来了。

5

曦一岁了。

"这么大一人了，你连弟弟都不如!" 梦妈妈对坐在电视机前一动不动的梦吼道! 说完便自己进屋去屋收衣服了。

梦恶狠狠地盯着在一旁玩耍的弟弟，曦全然不知怎么回事儿，乐呵呵的拍打着皮球，口水流了一地。

梦的小表姐来梦家玩了，看着外面变天了，才想起来天气预报上说今天下午有雨，这会儿风已经呼呼地刮起来了。

正在厨房里忙着的梦妈妈，突然发话了，吼了一嗓子："梦，我放不下手里的活儿，你进屋去把早上洗的衣服收了。"

梦坐在沙发上一动不动，梦妈妈连续叫了好几声。

表姐转过脸，看着梦，只见梦对着电视乐个不停。

"梦，你妈在叫你，你没听到吗？"笑得那么傻，小表姐有些怀疑梦在装傻，觉得梦的行为不可理喻啦，尽管平时小表姐也很理解她啦。表姐起身准备去帮梦妈妈收衣服。

梦一把拉住了小表姐，悄悄地对小表姐说："表姐啊，不用理她的，她叫两三声，见我没反映，以为我没听到，自己就去了。"梦这种掩耳盗铃的做法，已经适用不只一次了。

梦妈妈听到小表姐要去帮她收衣服，就赶紧出来了，不能让客人干活啊，擦了擦手里的水，指着梦说道："这么大一人了，你连弟弟都不如！"进屋自己收衣服去了。

梦恶狠狠地看着在一旁玩耍的曦啊，自言自语道："我已经洗了一早上的衣服了！"

说完便又专心投入她永远也看不够的古装戏里了。电视剧里皇上正在对老佛爷说："紫薇沦落民间受苦了！"小表姐转身一不小心看到梦，泪水饱含着，好像已经入戏了。

梦喜欢看古装戏，她觉得里面的女生可美了，心地可善良了，各个都跟仙女儿似的。梦平时没事儿了就喜欢捣鼓她那几件衣服，天天穿得就像从古代穿越来似的。

"梦，你今天又穿越了呀，这次是回汉代了吧。"梦把头发搞成了中分啦，把马尾辫放低了，红润的殷桃小嘴，白白嫩嫩的小脸，尖尖的下巴。看上去跟童年时的卫子夫像极了。小表姐今天一见梦就这样夸她，表姐真心觉得梦很美啊！

"表姐，你又拿我开玩笑，人家只是一不小心就穿成这样啦！"梦回答时笑得合不拢嘴。

晚饭前，梦爸爸回来了，梦算着时间。在梦爸爸回来10分钟前就进屋写作业去了。梦爸爸回来时给曦买了个遥控玩具车，曦高兴坏了，掰了半天见没反映，跑到小表姐跟前来，把遥控器交给小表姐了，曦还不怎么会说话，只知道跟大人们学，支支吾吾道："表姐、表姐，开、开……"曦让闲坐在一旁的小表姐教他怎么操控啊。

梦见外面情况稳定了，受不了诱惑就又出来了，梦不怕妈妈，就怕爸爸，梦说："难得我妈厚道啊！我没收衣服，她居然没有跟我爸告我状啦！"

梦积极主动帮妈妈端菜、端饭呀。

吃饭时，梦爸爸对梦说："你能不能像你表姐那样，穿的正常点。"梦爸爸思想比较保守，比较喜欢规规矩矩的女孩子。梦表姐在大人面前都伪装的很好，梦爸爸也被骗了，还在梦面前把梦表姐夸，其实表姐跟梦差不多啦！

梦爸爸这样说梦已经不只一次啦，梦每次都笑笑，笑到后来看上去有些犯傻，因为从来也不见她有所变化。

突然之间，梦表姐觉得梦好可爱，觉得她的每一个看似不可理喻的举动，都可以被理解。

6

曦两岁了。

梦房间的门上贴着一张"大字报"，禁止入内的头号人物且唯一人物便是曦。在梦"格格"梦打碎以后，梦就打算要跟曦"太子"为敌。曦两岁了，也会走路和说一些简单的话了。这时候的曦可听话了，看上去可爱极了。真可谓是人见人爱了，只有梦每次都离曦远远的。曦还老喜欢没事儿去逗他姐以示友好，发音还不怎么清楚的他每次张嘴：姐姐……还没完，梦听着就觉得烦：你给我闭嘴！说完梦转身就挪到另一处去了，每次只留下个背影给"太子"曦。

曦有姐姐的日子也不太好过啊，梦根本就不理他。不过两岁的曦也还好，马上又将注意力集中到其他人或者玩具身上，不知道是不是因为梦总是不跟曦玩的原因，曦觉得他姐比任何人和任何玩具都好玩。

一日，梦忘关房间门，曦无视头顶的"大字报"，公然闯入梦的房间。梦妈妈出去了，让梦看着曦，于是就只有梦和曦两姐弟在家。梦又可以毫无顾忌地看电视了，梦只要一看古装戏就准入戏，拉都拉不出来。曦进了梦的房间，在里面玩得津津有味。这次这部古装大戏像是喜剧，女主角开车撞到一块广告牌了，稀里糊涂竟穿越到清朝了，梦在客厅里看得哈哈大笑。

突然"噗通"一声巨响，有震感，梦以为地震了，跳下沙发正准备往外跑，突然一声剧烈的啼哭传来了，梦停下来了：妈呀，不好，这可比地震严重多了！梦知道不是地震了，是曦摔倒了。

梦飞快地冲进了房间，迅速抱起了摔在地上的曦，看到曦哭得这么真、这么伤心，梦突然感觉心开始痛了，梦哭了。梦把曦紧紧地搂在了怀里，嘴里不停地说着："弟弟乖乖、弟弟乖乖、弟弟不哭了……"梦用手抚摸着曦的头，检查曦的头受伤了没有，还不停地给曦吹风散热，梦这一刻突然看上去像一个小大人了。曦紧紧地拽着他姐姐，泪眼里充满了对姐姐的眷恋。梦哄了一会儿曦，又跑去给曦冲了一罐牛奶，曦不哭了。梦高兴坏了，抱着曦甩来甩去，不停地逗曦乐，俩姐弟都笑嘻嘻！

突然曦停止了笑声。

（梦和曦的故事先讲到这里，预知后事如何，请听下回分解。）

月夜里星光点点

倘若没有我的爸爸、妈妈就肯定不会有我了，

倘若没有外公、外婆、姐姐，就肯定不会有曾经那个温暖、幸福的我了，

倘若没有地震，我就不可能幸运地遇见给我温暖的人们，

倘若没有你们，我也不会是现在的我了。

倘若没有你们，我就不会来到人间，

倘若没有你们，我就不会知道家的温暖，

倘若没有你们，我就不会看到黑暗里到处暗藏点亮希望的机关。

每一个生命都是一个孤独的灵魂，

偌大的世界里，

最不可思议的是相遇啦，

最难得的是相遇后的相知啦，

最宝贵的是相知后的相守啦。

我看看地，问问天，

问这其中有没有没什么奥秘啦，

是不是早有的安排，

她们说没什么安排啦，

她们坚持的原则是随缘啦，

善心结善缘，

相似的心在地心引力的作用下
自然会一天天的靠近啦。
在我就快不受地心引力控制的时候，
是你们向我靠近的心把我引了回来啦，
不然我可能早已飘到了外太空，
化为了一粒尘埃啦。
所以请允许我这里，
对你们衷心地说声谢谢啦！
我相信你们都能听得到的！

良 药

——李星手记

"好性感的文字！"

我正在写论文的时候，收到了月发来的书稿。

不由得发出了这样的感叹。

不知道为什么，连续三年以来，每次读她发来的书稿，我对她描述的生活中，那些不容易看见的困难都格外感兴趣。我怀疑自己是不是有些变态，居然把自己妹妹的困难当乐趣看。

读到那些地方的时候我都会停下来，月说："我又不喜欢挑战极限，我又没有当超人的志向，我为什么要跟别人比可怜，为什么要比别人更可怜。"我一开始会想到一些场景。比如：遇到某个比月情况更糟糕的残疾人了，而这个人又比月优秀很多。无聊的人就喜欢拿他们来做比较，想给不幸分个高低，生活中这样的评委太多了，以至于我们觉得这样的评论很正常。从而忽略考量他们是否具有这样比较的资格，他们是否自己也有过这样的经历，不然怎敢冒充评委装专业？

后来想想觉得这帮抢着当评委的相当可笑！难道在评可怜的这场竞赛里得了冠军，他/她就会更可怜，从而更具有竞争优势，这显然是个荒谬的逻辑。

既然这么可笑，那我认为他是谁，他是否够评论资格，这已不重要，因为压根就不用理他们，生活是自己在过。

月以前经常陷入别人评价的世界里无法自拔。现在她说：

"不是每个人都有潜力无限，倘若你非要把自己有限的潜能无限发挥的话，那绝对是走向自残。超人固然是好，可是也不是每个人都能当，何况还数量有限。"

她能说出这样的话来，让我感到欣喜若狂。她的这种心态来得太不容易，无法确定她是在第多少次被讽刺后，得出的真谛。

在她身上一直有些跳跃的音符，好像随时都能翩翩起舞。于是我就开始停留在她记录生活乐趣的地方。我觉得先嚼完苦，再来品尝甜时，那种甜能甜到人的心眼里去。比如：在学校里，她能体会到集体生活带来的惊喜与快乐，能够发现不能试着在人身上找规律！得出这样一些道理，能让我们看到她成长的轨迹。

一直以来我都支持她住校，我当然觉得对她来讲这的确有些不易。但是多体验一种生活，就会多收获一份心情，住校生活也有它的乐趣。我始终相信快乐比痛苦更值钱，不然我们为什么要竭尽全力、勇往直前的去追求幸福与快乐，而不是困难和痛苦。如果有人选择了痛苦，那绝对是闲适的生活过腻了，想体验另一种心情。

一百万的痛苦也买不到一块钱的快乐。我妹她很穷，穷得一贫如洗，寻找快乐的生活是她摆脱贫穷、积极"创业"的开始。

书稿里，我也时常看到她"创业"时的迷茫与无助。

小诗《戏》里说：

事实呢

演员饿了

要吃饭

看客累了

要回家

唯有你抱着剧本

地上趴

如果月把自己喻为导演的话，那肯定是体会到了那些表面风光的角色，背地里的无奈。

小诗《悄悄话》里说：

姑娘们啊

你们千万不要害怕

大声地讲吧

不用在意我哒

你们的嗓门再大

我也是听不到哒

我在我痛苦的世界里暂时出不来啦

这首则更加直白的表达了月陷入痛苦后的无法自拔，但看上去她好像也并没有在痛苦里迷失自己，居然还能够跟同样陷入痛苦的姑娘们调侃，那说明离走出痛苦已经不远。

我为她不知不觉的远离痛苦感到窃喜！

毕淑敏老师说，她以前在西藏当军医无聊时，曾和女兵们做过一个实验——求证：一片黄连的苦，可以平衡多少葡萄糖的甜？结果是糖水已经浓到几乎能拉出黏丝了，那液体还是只需一滴黄连水，就会苦得让人寒战。

就好像我们短暂的岁月里，痛苦总是比快乐更容易让人刻骨铭心一样，说不出为什么，就像最后也求证不了一片黄连的苦可以平衡多少葡萄糖的甜一样。

"你的一生中一定会邂逅黄连，比如生活强有力地非要赐予你极困窘的境遇，比如你遭逢危机中明的重患，必得要用黄连解救，比如……你都可以毫无惧色地吞咽黄连。"毕竟，黄连是一味良药。只是，千万不要人为地将黄连碾碎，再细细品尝，敝帚自珍地长久回味。太多的人，习惯珍藏苦难，甚至一次次自傲和自虐。

"这种对苦难持久的迷恋和品尝，会毒化你的感官，会损伤你对美好生活的精细体察，还会让你歧视没有经受过苦难的人。这些就是苦难的副作用。"苦的力量比甜的力量要强大得多，这是科学实验和生活经验共同得出的结果。所以不要把黄连掰碎，不要让它丝丝入扣地嵌入我们的生活。

这并不是一种经历了太多苦难后的宽容，只是真的没有必要去感受沉重。

不要模拟苦难。苦难可以突破万丈深渊的极限，通常没人能够说得清，更无法拿来比。我想真正经历过的人，通常都会认为模拟苦难，无论从理论还是实践都是自残。

月在书稿对我们说：

长大是个过程，千万不要低估自己的承受力，你以为害怕发生的事，终会在来临的那一刻很快转为过去，不是你没有感觉到害怕，而是你预先过高估计，实际呢，却又往往来不及。

从生到死，一个人来一个人去，此本是一个孤独的过程。抱有一份真情，意义重大，证明来世一场，同时带来温暖与力量。

2012 年 5 月 12 日于天津

跋　神奇胶水

著名专栏作家、中央戏剧学院博士　尹珊珊

　　已经有一段时间没见李月了，想不到再见竟然是在纸上，看着眼前这一摞整齐的文稿。

　　正如她姐姐李星所言，这个姑娘看来是越来越奇怪了，此时我很希望自己是个厉害的占星师，因为我实在很好奇，她的命运会是怎样的走向，她的性格和人格正在发生哪些重要的转折？

　　佛洛依德重要的理论名词是"力比多"——这是一个人潜在的欲望和恐惧，每个人无时无刻不在压抑和释放这种欲望，对于艺术家来说，力比多过剩，他们选择了创作的方式，对于精神病人来说，是因为力比多无法正确释放，压抑成疾。看李星对李月的评论，我开始怀疑，这个小姑娘的力比多正在朝着艺术创作的方式去优雅地释放，她开始用建立的方式去抵消曾经的丧失。

　　现在写书的人太多了，好像随便一个什么名堂都能有噱头搞出版，而我的偏见随着看完这本书而悄悄散开。最近很多日本学生的作文被引进翻译，文风和中国人自然大不相同，但那种舒畅的手法风格却是让人灵魂出窍的着迷。在李月的这本书里，我嗅到了一股真实的、才华横溢的日式风格，温柔俏皮，同时还带着一些感伤的智慧。

　　每个人都有自己独特的经历，自嘲是最高级的一种，只有当他经历过痛苦、不认同现实、沮丧、绝望、重新开始比痛苦之前更加快乐的生活之后，加上本身快乐的品质才有可能获得自嘲的才能。李月的这本日记中，不知是不是因为她终于彻底放松了自己，重新校准了自己，竟然呈现出一种轻松自嘲的气息，这对于很多成年人来说都是难得的，而这小姑娘，年纪轻轻都已让许多以才华自居的人汗颜。

很多人要在中年以后的生老病死关键时期才会思考的终极问题，李月显然已经在完全不符和的年龄提前思考过，四年过去了，少年人的伤痛究竟是比较持久还是比较容易弥合，现在探讨的确为时过早，对于这个小姑娘来说，现在显现出这种悠悠的禅意，真是我没有想到的。

李月选择离开北京，回到四川，她的理由说出来很简单，那里才是让她自由生长的天地。有个朋友告诉我，他的朋友在一起谈起自己的孩子，说自己的小孩已经有文章发表在国外杂志，有的获得数学比赛的奖牌，有的钢琴过了八级，但我这朋友则乐呵呵地说：我女儿最近爬树爬得特别的好。我想，对于李月来说，学习很重要，心灵在爬树的那种自由野蛮的生长，更重要。

在这一篇篇的日记中，我看到了一个女孩平视生活的轻松，不着急，不夸张，不虚假，她写出了一些有趣的疑问，记录了身边的几个好友，对眼中的世界用文字画了清单的水彩画，可我真是好喜欢看。

她有小小的恐惧，觉得自己被丢进人海中连泡都不会冒一个；她开始会想一个人这么做事情，是"因为爱情"；当然她还是鼓足勇气要重新"组装自己"。

哪怕我不知道这个姑娘身上有什么特别的故事，看到这些文字我都会觉得很有才华，真是一块当作家的材料，这种真实、细腻的描绘是我很少见到的，一整年的日记，我很轻松愉快地一小时就看完了。

回四川对于李月来说，是一个令我们意外却又在情理之中的选择，从北京离开的决定并不是轻易做出的，有点像归隐山林的意思，我很佩服她，这是一种真的勇气，面对别人眼中稀缺的教育资源她敬谢退后，选择了适合自己的生活，换成成年人，也未必能做出这种决断。北京自然是她的福地，但四川才是她的故乡。

不知你读完这本书后会不会也和我有相似的感觉：李月的身上隐约带着些林黛玉的气息，一点点的孤芳自赏，一点点的冷清顽劣。我曾经对她说：如果你演古装戏，一定特别漂亮，她也是微微一笑心领神会。已经上中学的她，慢慢出落得标致可人了，我特别希望她的微笑仍然和以前一样淡然、自我。

最近几年，世界各地的地震特别多，日本的海啸核泄漏突然将世界的想象力推向"日本沉没"这个电影中的场景，很多人都有末日恐慌，像我本人就求生口哨和 LED 灯时刻不离身，生怕地震来的时候，我被埋在瓦砾中却无法发出呼救，近两个月北京周边也是小震不断，每次有报告传来我都会想起李月，后知后觉的我们尚且如此恐惧未知的灾难，她却在过着我们想都不敢设想的人生。占星师对我说，2012年是一次巨大的转变之年，人类将从水瓶纪元进入到双鱼纪元，意味着对于科技的一味追逐将慢慢变成对于精神和审美的追求，开始关注身边的环境，今年星象大乱，各种迁徙、变动都在发生，很多行将分崩离析的业已分崩离析，同时也有很多事情在重新开始，神奇的胶水将粘合一个新的世界，对于李月来说，也会是一样的吗？真希望她的生活会被神奇胶水塑造成一个全新的样子。

就不继续老生重弹了，在我眼中的李月，已经是一个十分健康，和我身边每一个中学生一样拥有各种情绪，各种梦想，对这个世界敞开着心，怀抱着自己的小秘密，小叛逆的女孩子，唯一不同的是，在她的自我意识刚刚建立的时候，曾经经受过一次重大的挫折，这个小女孩如今已经越来越能和不完美的自我好好相处，同时开始真正的接纳这个世界，并且慢慢的建立了一种自己与这个世界"谈谈"的习惯——写作。

我希望李月能够坚持写下去，写作是一种优雅、积极的生活方式，通过写作和创作，安全、主动的排解内心的苦闷，打开所有感官去描绘世界的一点一滴，如果一个人学会了做梦，他会拥有第二个世界，如果他开始创作，他就拥有了三个世界。喜欢写作的人内心总有满满一腔的爱和怀疑，在书写中稀释和排解，重塑对这个世界的信任，况且，李月拥有这种才华，这是上帝给她的宝贵的财富，所以，请继续保持对这个世界、对自己生命的好奇和热爱吧，继续孜孜不倦地写下去，在文学的世界中燃烧你的能量，获得另一种生命。

2012 年 6 月 20 日